EL
TEATRO EMBRUJADO

PRESENTA

¡Predigo que
será todo un
éxito!
—Madame Doom

MONDO

EL MAGO

Ahora apareciendo...
y desapareciendo.

EL
TEATRO EMBRUJADO
PRESENTA
ESCAPATE DE HORRORLANDIA
será todo un
éxito!
—Madame Doom
MAGO
Ahora apareciendo...
y desapareciendo.

EL GRITO DE LA
MÁSCARA MALDITA

¡UNA NUEVA SERIE DE CUENTOS TENEBROSOS!

EL GRITO DE LA
MÁSCARA MALDITA

R.L. STINE

SCHOLASTIC INC.
New York Toronto London Auckland
Sydney Mexico City New Delhi Hong Kong

Originally published in English as Goosebumps HorrorLand
#4: *The Scream of the Haunted Mask.*

Translated by Iñigo Javaloyes

ISBN 978-0-545-23850-2

Goosebumps book series created by Parachute Press, Inc.

Goosebumps HorrorLand #4: *The Scream of the Haunted Mask*
copyright © 2008 by Scholastic Inc.
Translation copyright © 2010 by Scholastic Inc.

12 11 10 9 8 7 6 5 4 3 2   10 11 12 13 14 15/0

Printed in the U.S.A.   40

First Scholastic Spanish printing, September 2010

¡3 ATRACCIONES EN 1!

EL GRITO DE LA MÁSCARA MALDITA

Encendí la luz del sótano, sujeté el pasamanos de hierro y bajé el primer escalón. La madera chirrió bajo mis pies como un ratón.

Bajé otro escalón, deslumbrada por la luz amarillenta. Los fríos peldaños me helaban los pies. Me levanté un poco el camisón para no tropezar mientras bajaba.

Tenía un mechón de pelo en la cara, y lo eché hacia atrás. La mano me temblaba.

La caldera se encendió con un gemido lastimero. Otro escalón crujió a mi paso y me detuve.

"¿Qué estoy haciendo?" No estoy segura de si dije esas palabras o si simplemente las pensé.

¿Por qué estaba bajando al sótano en plena noche?

La cuestión es que no se me había ocurrido a mí. Algo me arrastraba hacia abajo... contra mi voluntad.

Carly Beth... Carly Beth...

Era como si la terrorífica máscara me estuviera llamando. Aquella horrenda y maldita máscara que estuvo a punto de destruir mi vida... trataba ahora de destruir mi mente... y convertirme en una persona malvada.

Y ahora, era a mí a quien llamaba. Era a mí a quien obligaba a bajar las escaleras y a cruzar el gélido suelo del sótano.

Carly Beth... Carly Beth...

Sabía que no era un sueño y que el miedo que sentía era demasiado real. Encendí la luz del sótano, que se reflejó intensamente en las sillas de vinilo y en el sofá rojo que estaba en nuestra zona de juegos. Me sujeté del borde de la mesa de ping–pong para tratar de detererme, e intenté dar la vuelta.

Pero el llamado era demasiado fuerte.

De pronto me sentí pequeña, insignificante, como una mota de polvo absorbida por una poderosa aspiradora. Aquella fuerza separó mis manos de la mesa y avancé torpemente. Sentía la alfombra blanca entre los dedos de los pies.

Mis carteles de caballos... el reloj de pared rojo... el viejo triciclo de mi hermano Noah... todo pasaba a mi lado fugazmente mientras atravesaba el sótano doblegada por aquella fuerza superior.

Llegué al pequeño almacén en el extremo opuesto del sótano, a la montaña de cartones y muebles viejos, a los montones de juguetes y ropa usada y revistas amontonadas. Entré en el pequeño almacén donde había escondido la máscara bajo una pila de trastos para que nadie pudiera encontrarla.

Pero ahora me llamaba, me reclamaba para sí.

Carly Beth... Carly Beth...

¿Era aquella voz fruto de mi imaginación? El sonido de *mi propio* nombre me sobresaltaba y me hacía sentir un escalofrío.

Sabía lo que quería. Sabía perfectamente por qué

me había despertado y para qué me reclamaba desde mi habitación.

Quería que destapara la caja metálica donde yo misma la encerré. Quería que abriera la caja, que la liberara de su prisión y que la volviera a llevar este año para así volver a invadir mi espíritu con su maldad.

La Máscara Maldita estaba lista para someter mi mente y forzarme a llevar a cabo sus malévolos designios.

No podía permitirlo. No podía dejar que eso volviera a ocurrir.

Y, sin embargo, ahí estaba en el umbral del pequeño almacén. Miraba con los ojos entrecerrados las pilas de cartón y los muebles viejos. Volvía a verme superada por la misma fuerza.

Levanté la primera caja con las piernas temblorosas, tiritando de frío bajo la fina tela del camisón. La coloqué junto a mí. Luego levanté la segunda caja.

"No puedo evitarlo", me susurré a mí misma.

Deseaba darme la vuelta. Deseaba correr. Y, sin embargo, me incliné y saqué la caja metálica del lugar donde la había escondido. Una vieja caja negra con un cierre de hierro macizo. Gemí de frío y de terror. ¡La caja estaba CALIENTE!

¿Qué estaba *haciendo*? ¿Por qué no me obedecían las manos?

Mi corazón casi se detuvo y levanté el cierre, dejando escapar un gemido, y abrí la tapa.

Doblada en el interior de la caja, la máscara emitía una luz incandescente. Me quedé mirando las dos hileras de colmillos retorcidos; aquellos carnosos labios de goma parecían sonreírme con maldad.

—¡No sigas, Carly Beth! —me dije a mí misma—. ¡No lo hagas!

Pero ya no era dueña de mis acciones. Tomé la máscara por la parte superior y la saqué de la caja.

—¡Aaaah! —exclamé.

Al tacto, la máscara se sentía como si fuera de *carne humana*.

La barbilla puntiaguda bailaba de arriba abajo. Los labios de goma balbuceaban al tocarse entre sí.

Se me cortó la respiración. El pecho estaba a punto de estallarme.

Dejé caer la caja al suelo y elevé la horrenda máscara ante mi cara. Las cuencas de los ojos se agrandaron y los labios viscosos comenzaron a escupir sonidos.

El frío gélido del sótano me envolvía por completo y me atenazaba todos y cada uno de los músculos del cuerpo.

Lentamente me coloqué la máscara sobre la cabeza.

Sentí el extraño calor de la goma viva en el pelo. Tiré hacia abajo. Sentí su textura de piel humana deslizarse sobre mi frente.

Hasta que finalmente...

—¡NOOOOOOOOO!

Un grito súbito surgió desde lo más profundo de mis entrañas.

Un grito que era de miedo y de ira al mismo tiempo.

La intensidad del alarido me dio fuerzas. Me quité la máscara y la arrojé contra la pared.

—¡NOOOOO! ¡No me vas a vencer! ¡No volverás a mi rostro! ¡No pienso llevarte puesta nunca más!

Tomé la máscara por sus mejillas abultadas y me quedé mirando sus labios calientes que seguían balbuceando *blub, blub, blub*.

De pronto, los labios se separaron y tras ellos aparecieron unos horribles colmillos.

Entonces, la Máscara Maldita abrió la boca y lanzó un terrible y ensordecedor grito.

2

Al día siguiente en la tarde, mi amiga Sabrina Mason me siguió hasta la parada del autobús. Todos los días, al salir de la escuela, íbamos juntas a nuestro trabajo.

—Carly Beth, ¿estás bien? —preguntó Sabrina mientras se quitaba la mochila de los hombros—. Pareces haber sido masticada por mi gato.

Me hizo reír.

—¿Por qué no dices lo que *realmente* piensas, Sabrina?

Sabrina y yo somos mejores amigas desde tercer grado, así que casi siempre podemos decirnos lo que pensamos sin ofendernos.

Las dos tenemos doce años, pero Sabrina parece de dieciséis. Es una chica alta, morena, elegante y de aspecto sofisticado, con una larga melena negra que hace juego con sus grandes ojos.

Yo, sin embargo, tengo que conformarme con esta cara de sílfide de nariz pequeña y cuerpo enclenque. Y eso que soy un mes mayor que Sabrina. Pero la gente suele pensar que soy su hermana pequeña.

El autobús arrancó de pronto y Sabrina y yo aterrizamos de cabeza sobre dos asientos. Dejamos las mochilas en el suelo, a nuestros pies, y Sabrina empezó a recogerse el pelo en una coleta.

—A ver si lo adivino —dijo—. Te has pasado toda la noche pensando en Gary Steadman, ¿a que sí?

—¿Qué? —dije dándole una palamada en el hombro—. Centro de control llamando a Sabrina. Yo *nunca* he sentido nada por Gary Steadman.

Sabrina me miró fijamente.

—¿Entonces qué fue lo que vi la semana pasada en la fiesta de Steve Boswell?

Sentí un rubor intenso en las mejillas. Sabía que me estaba sonrojando y deseé poder hacer algo al respecto. ¿Hay alguna manera de evitar que se te pongan rojas las mejillas?

—Sabrina, no seas mala —dije—. ¿Quieres saber toda la verdad? Intentó besarme y me cortó el labio con su aparato dental.

Las dos nos echamos a reír. El autobús atravesó un bache y me dio hipo.

Sabrina se arregló el chaleco que llevaba sobre sus dos camisetas. Últimamente le ha dado por la ropa. Yo generalmente me pongo unos jeans y lo primero que encuentro en mi cajón de camisetas.

—Entonces dime, Carly Beth. Si no te pasaste la noche en vela pensando en Steadman, ¿a qué vienen esas ojeras? Te has pasado todo el día muerta de sueño.

Suspiré y me quedé mirando a través de la ventanilla del autobús. Las aceras estaban cubiertas por un manto pardo de hojas que se arremolinaban con el viento. Pasamos junto a la biblioteca con sus enormes columnas blancas. Luego vimos la Floristería Rohmer con su carretilla llena de flores amarillas y anaranjadas en la entrada.

¿Debía contarle la verdad a Sabrina?

Sí, eso haré. Ella era la única persona a la que le podría contar lo que me había pasado la noche anterior. Nadie más me creería. Mi madre se limitaría a decirme que dejara de ver el canal de ciencia ficción.

Sabrina, sin embargo, estuvo allí aquel Halloween. Ella había visto la Máscara Maldita. Ella fue testigo de lo que sucedió cuando me la puse. Sabrina me creería.

Así que le conté toda la historia. Le conté que me desperté a las tres de la madrugada. Le conté que no pude detenerme; que una fuerza extraña me arrastró hasta el sótano; que me obligó a buscar la caja y a ponerme aquella horrenda máscara.

Bajé la voz para explicarle que ya estaba poniéndomela en la cabeza cuando finalmente hallé las fuerzas para quitármela de un tirón y arrojarla contra una pared.

Le conté con voz temblorosa cómo tuve que luchar conmigo misma para volver a meter la máscara en su caja, y los alaridos que dio hasta que finalmente logré encerrarla. Y le conté que cuando regresé a mi habitación ya era casi la hora de ir a la escuela.

Cuando terminé de contarle mi historia a Sabrina, estaba jadeando y me ardían las mejillas.

Mi amiga me puso la mano en el brazo, sacudió la cabeza y susurró:

—Escúchame bien, Carly Beth. Tienes que sacar esa máscara de tu casa. Estás empezando a asustarme de verdad.

Tragué en seco. Se me había quedado la boca acartonada.

—¿Pero a dónde puedo llevarla? —pregunté—. No quiero que nadie la encuentre.

—Llévala a cualquier sitio —imploró Sabrina apretándome el brazo—. ¡Entiérrala en el bosque! ¡Arrójala al río!

—Pero, ¿y si flota? —dije—. ¿Y si alguien la saca del agua y se la pone? Quiero evitar a toda costa que eso pase, Sabrina. Sería simplemente *horroroso*. Cuando me la puse me transformó. Ya lo sabes. Me convirtió en una persona llena de maldad. Y no me la podía quitar. La máscara se fundió con mi piel.

—*Shhh* —dijo Sabrina llevándose un dedo a la boca—. Por supuesto que me acuerdo.

Mi amiga levantó los brazos para mostrarme cómo le temblaban sus brazaletes de plástico.

—¿Has visto? —dijo—. Me tiembla todo el cuerpo. Esa es la razón por la que tienes que deshacerte de esa... *cosa*.

De pronto, me invadieron aquellos terribles recuerdos.

—Sólo se la puede vencer con un símbolo de amor —dije.

—¿Qué? —exclamó Sabrina con los ojos como platos.

—¿No te acuerdas? —dije—. Encontré un símbolo de amor. Esa fue la única manera en que pude quitarme la máscara de la cara y detener su influjo de maldad.

—¿Podemos cambiar de tema? —dijo Sabrina muerta de miedo—. Me estás asustando mucho. Así que vamos a hablar de otra cosa. Quiero que me cuentes más cosas de Gary Steadman.

Pero yo no podía parar.

—De aquella fiesta de Halloween sólo salió una cosa buena —añadí—. La Máscara Maldita me cambió. Después de aquella pesadilla ya no soy la misma persona.

Sabrina hizo un gesto de incredulidad.

—¡Es cierto! —insistí—. Tú lo sabes mejor que nadie. Yo era la ratoncita tímida de la clase. Me daba miedo hasta mi propia sombra. No me importa reconocerlo. Pero después de vencer a aquella malvada máscara empecé a ser otra persona, Sabrina. Ya no tengo miedo.

En ese preciso instante sentí algo cálido y seco en la nuca.

Una serpiente de ojos incandescentes se deslizó alrededor de mi cuello, levantó la cabeza y abrió las mandíbulas.

3

La serpiente echó la cabeza hacia atrás y cerró la boca.

Oí risas detrás de mí.

Tomé a la serpiente y me la quité tranquilamente del cuello. Luego me giré hacia los dos muchachos que estaban sentados detrás de mí.

—¡Te asusté! —gritó Chuck Greene, que no paraba de reír junto a su amiguito, Steve Boswell. Ambos chocaron los puños.

Acaricié cuidadosamente la serpiente y se la devolví a Chuck.

—Sabía que habías traído a Herbie a la clase de ciencias —dije—. Tampoco es para tanto.

Hice una pausa llena de dramatismo.

—Sus bromas empiezan a aburrir, muchachos, así que dedíquense a otra cosa —continué diciendo—. Ya no pueden asustarme.

No sé por qué, pero estos dos se creen los mejores.

—Se ríen como mandriles —dijo Sabrina.

De una vez, los chicos empezaron a rascarse las

axilas y a decir *i-i, a-a,* como si fueran monos.

Aunque Chuck y Steve no están emparentados parecen hermanos. Los dos son altos y flacos, tienen una mata de pelo oscuro tieso, ojos marrones y la misma sonrisa bobalicona.

Además, se visten igual. Siempre llevan jeans anchos y descoloridos y camisetas negras de manga larga. No sé por qué, pero se pasan el día intentando asustarme y hacerme reír. No se han dado cuenta de lo mucho que he cambiado.

Steve se inclinó hacia mí y me alborotó el cabello.

—Dentro de nada es Halloween —dijo—. ¿Este año vas a esconderte debajo de la cama hasta que pase todo?

Chuck volvió a rebuznar de la risa, como si hubiera oído el mejor chiste del mundo.

Sabrina y yo nos miramos como diciendo: ¡Qué par de tontos!.

—Acabo de ver algo realmente espantoso —dije.

—¿Ah, sí? —preguntó Steve.

Apunté con el dedo a la ventanilla del autobús.

—¿No era tu casa esa que acabamos de pasar tres o cuatro cuadras atrás?

—¿Eh? —Los chicos saltaron en el asiento, agarraron sus mochilas y salieron corriendo hacia el conductor—. ¡Pare! ¡PARE!

Sabrina y yo nos echamos a reír mientras se bajaban del autobús. Los miramos por la ventanilla y nos despedimos con la mano.

—Son unos niños —dijo Sabrina—. Deberían hacerles repetir cuarto grado.

Me alisé el pelo con las dos manos y me volví a acomodar en el asiento. Aún podía sentir en la nuca la fría piel de la serpiente.

En ese momento, Sabrina saludó a alguien por la ventanilla. Pero sólo pude oír el sonido metálico de sus aparatos dentales. Luego se dio media vuelta y empezó a decirme algo.

Pero no podía distinguir lo que decía. Su voz se oía lejos, muy lejos; era como un eco apagado por un grito agudo y terrorífico.

El grito de la Máscara Maldita.

Me esforcé en oír sus palabras pero no lograba dejar de escuchar el estridente alarido de la máscara. No podía hacerla callar. No podía silenciarla. Y me tapé los oídos deseando que parara.

—¿Qué pasa, Carly Beth? —dijo Sabrina agarrándome las manos y agitándome con fuerza—. ¿Que pasa?

—¿Es que tú no lo oyes? —grité.

Me miró con los ojos entornados.

—¿Que si no oigo *qué*?

"No lo puedo creer. ¿Está en mi cabeza?"

"¿Que voy a hacer?"

Sabrina y yo nos bajamos del autobús en la última parada. El grito ya se había esfumado de mi cabeza, pero me sentía un poco mareada y extraña.

Respiré profundamente. Aquí, en las afueras de la ciudad, el aire era fresco y puro. Olía a pasto cortado, a hojas de otoño y a flores.

Mi amiga y yo caminamos por la senda de grava que conducía a la casa blanca de la granja. Las ventanas de la fachada principal reflejaban el color rojizo del atardecer.

La casa se alzaba sobre un prado verde. Un poco más allá se distinguía un huerto de manzanos.

Avanzamos oyendo nuestras pisadas sobre la grava. Pasamos junto a un cartel que decía: TUMBLEDOWN FARMS. Una fresca brisa de octubre agitó el cartel.

Había una pequeña bandada de pájaros negros posados en la antena parabólica que estaba en la parte posterior de la casa. Un ave rapaz de alas rojizas hacía piruetas en el aire mientras el viento mecía el frondoso pasto.

—Ya es casi Halloween —susurró Sabrina inclinándose para protegerse del viento—. Se nos tiene que ocurrir alguna idea para celebrar

Halloween con nuestras pequeñas bestias.

Nuestro trabajo consistía en ayudar a la Sra. Lange a cuidar de ocho niños de kindergarten en el programa extraescolar de Tumbledown Farms.

—No los llames bestias —dije—. A mí me parecen adorables.

—¿Adorables? —dijo Sabrina mirándome fijamente con sus grandes ojos negros—. ¿Acaso te parece *adorable* que se metan crayones en la nariz?

—Vamos, el único que hizo eso fue Jesse —dije—. Y cuando logramos sacarle los crayones *apenas* lloró, ¿o es que no te acuerdas?

—La Sra. Lange dice que sólo hay una manzana podrida en cada cesta —dijo Sabrina.

Negué con la cabeza y respondí:

—Jesse no es una manzana podrida. ¡Sólo tiene cinco años!

—Mi preferido es Colin —dijo Sabrina—. Es un viejito en miniatura. Si le pides que haga cualquier cosa, te saluda como un soldadito y obedece al instante.

—Sí, pero Colin aún se chupa el dedo gordo.

—Nadie es perfecto —respondió Sabrina encogiéndose de hombros.

—Angela es perfecta —dije—. Con esos rizos pelirrojos y esos ojos verdes podría ser una supermodelo infantil o algo así.

—Querrás decir *supermimada* —respondió Sabrina—. ¡No para de sentarse encima de ti!

—Es muy dulce —dije—. Lo que pasa es que tienes celos.

Subimos al porche del segundo piso por las

escaleras de madera y nos limpiamos los zapatos en la alfombra de entrada. Se oían voces infantiles en el interior de la casa. Voces agudas y estridentes. Era como si hubiera una discusión. Oía a Jesse tratando de hablar más alto que los demás.

Tumbledown Farms es una de las granjas más antiguas del estado. Mi padre me contó que antiguamente era una granja de verdad donde cultivaban papas y tomates y maíz y muchas otras cosas. Pero los dueños la vendieron y se mudaron a otro lugar, hace ya mucho tiempo.

Ahora es un lugar para pasar el fin de semana. Es casi como un parque temático con su huerto de manzanas y su zoológico infantil. También tiene una galería de arte, una gran tienda de regalos, paseos en tractor y un club infantil.

Empujé la puerta y pasamos adentro. Nada más entrar sentí una bocanada de aire caliente y respiré hondo. La casa olía a chocolate. Los viernes, la Sra. Lange siempre horneaba galletas.

—¡Es mío! ¡Mío! —oí gritar a Jesse en el cuarto de juegos.

Sabrina y yo dejamos nuestros abrigos y mochilas en un banco de madera que había junto a la puerta y fuimos a poner orden en la sala de juegos. Nada más entrar vi a Ángela llorando sobre la mesa de manualidades. Tenía delante un vaso que se había virado y un charco de leche con chocolate desparramado sobre la mesa.

—Me giré hacia la ventana y vi a Jesse y a Harmony peleando por un Frisbee de plástico.

—¡Es mío! ¡Es mío! —gritaba Jesse.

Laura Henry apareció en el cuarto con un rollo de toallas de papel. Se inclinó hacia Ángela y empezó a limpiar el charco de leche. Cuando nos vio a Sabrina y a mí suspiró aliviada.

—Menos mal que están aquí —dijo—. No sé por qué pero hoy los niños están como locos. ¡Debe ser luna llena o algo así!

—Pero si aún es de día, Laura —dije riendo.

Me fui al otro extremo del cuarto para intentar calmar a Jesse y Harmony. Sabrina le llevó unos pañuelos de papel a Howard, que se estaba quejando de que tenía mocos.

—¿Dónde está la Sra. Lange? —pregunté.

—Se ha tenido que ir a uno de los restaurantes a resolver un problema —dijo Laura—. Me ha encargado a mí que cuide a estos niños, pero se me han ido de las manos —continuó apartándose un mechón de pelo de la cara.

Laura tiene doce años, como nosotras. Es bajita y delgada, muy pálida, y tiene una melena rubia que se pasa la vida acariciando.

Hoy llevaba una minifalda sobre unos leotardos negros y una camiseta de TUMBLEDOWN FARMS de manga larga arremangada hasta los codos.

Laura no va a nuestra escuela. Va a una escuela privada. Creo que vive muy cerca de la granja. Ayuda a la Sra. Lange en el programa extraescolar y en muchas otras tareas.

Les quité el Frisbee a Jesse y Harmony y lo escondí detrás de mi espalda.

—No se juega al Frisbee dentro de la casa —dije—. ¿Qué les parece si jugamos a otra cosa?

Harmony se fue corriendo con Ángela a la mesa de manualidades. Jesse dio un paso hacia atrás.

De pronto, me miró con los ojos como platos e hizo una mueca de espanto. Me señaló con el dedo.

—¡Tu cara! —gritó—. Carly Beth, ¿qué te pasa en la cara? ¿Por qué está tan *fea*?

Me quedé sin aliento. ¿Qué estaba mirando?

¿La *máscara*?

¿Cómo podía ser?

5

Di un paso atrás y me llevé las manos a las mejillas.

Jesse soltó una carcajada.

—¡Te engañé! —dijo y me dio un empujón—. Te engañé Carly Beth.

Empezó a bailar y a reír como un loco por toda la habitación.

Me sentí como una verdadera idiota. Debía estar muy estresada para dejarme engañar por un niño de cinco años.

"¡Espabílate, Carly Beth!", pensé.

La Sra. Lange llegó corriendo. Nunca camina. Corre. Es una mujer enorme, un poco mayor que mis padres. Tiene el cabello pelirrojo, mejillas rosadas y ojos verdes. Siempre lleva amplias camisas a cuadros, faldas largas que casi llegan al piso y botas de vaquera.

Es un torbellino de energía. ¡Nunca la he visto sentada! Y habla a la misma velocidad con la que se mueve.

—¿Se puede saber qué hacen aquí dentro en un día tan lindo? —dijo con su poderosa voz mientras recogía vasos vacíos—. Vamos, todos afuera. Salgan a respirar el aire fresco de la granja.

Le quitó algo del pelo a Colin y le dio una palmadita en la mejilla a Ángela.

—Ya sé. Irán a recoger manzanas. Están empezando a caer de los árboles. Vayan por los cubos que hay detrás de la casa. Y llénenlos hasta arriba, ¿me oyen? ¡Hasta arriba!

La Sra. Lange casi nos echó de la casa.

—Qué buena idea —dijo Sabrina mientras me acompañaba hasta la puerta—. Que salgan para que gasten toda su energía.

Y eso fue precisamente lo que hicieron. Los niños corrieron a través del prado empujándose unos a otros, bailando y gritando.

—¡Eh! ¡No se separen! —exclamé. Los seguí hasta la frondosa arboleda—. ¡No se separen! ¡No quiero que se pierdan!

El aire era más frío a la sombra de aquella maraña de ramas. Y el suelo labrado y cubierto de hojas era blando y resbaladizo.

—Jesse, ¡no arrojes manzanas! —gritó Sabrina—. ¡Eh! ¡No hagas eso!

—No se arrojan manzanas —dije yo también—. Puedes hacerle daño a alguien. ¡Oye!

Ángela se me acercó llorando y frotándose la cabeza.

—¡Jesse me pegó!

Le di un fuerte abrazo y un beso en la cabeza.

—¿Mejor?

—¡Qué asco! —dijo Howard haciendo una mueca.

Estaba de cuclillas mirando algo en la hojarasca. Otros niños llegaron a ver qué era.

—¡Puaj! ¡Qué horror! —dijeron.

Me acerqué a ellos. Jesse estaba hurgando en algo con un palo. Me agaché. Era una manzana podrida. Le salían gusanos morados por todas partes.

—¡Uuj! —dijo Howard—. Creo que voy a *uuj* —dijo tapándose la boca con la mano.

Lo aparté suavemente.

—No pasa nada, no lo mires y punto. Tranquilo —dije.

Sabrina y yo apartamos a todos los chiquillos de allí, y salieron corriendo otra vez, gritando y dando vueltas alrededor de los árboles.

Levanté dos cubos que había frente a mí.

—Eh, ¿es que nadie va a recoger manzanas? —dije.

—¡Niños, hemos venido a recoger manzanas! —gritó Sabrina—. ¿Me oyen?

Una manzana me pasó volando al lado de la cabeza y varios niños se rieron.

—Basta ya, Howard —oí decir a Harmony—. ¡No tiene gracia!

No podía verla. Estaba detrás del tronco de uno de los manzanos. Podía oír a los niños correteando por todas partes sobre la hojarasca.

—¡No sé qué hacer! —dijo Sabrina.

—Tienes razón —respondí entre risas—. *Son* unas bestias. Al menos hoy.

Seguimos a los niños entre los árboles hasta el otro extremo del huerto. Algunos empezaron a saltar sobre una verja medio caída. No era muy alta. Al otro lado de la verja se extendía un prado de hierba alta y matojos.

Y al fondo, en una esquina del prado…

Miré el sol del atardecer con los ojos entornados, era una bola roja justo por encima de los árboles.

—¿Qué es eso? —le pregunté a Sabrina—. Parece un granero o un cobertizo. ¿Pero qué pinta ahí?

—Es un establo —dijo Sabrina con el brazo sobre la frente para protegerse del sol—. Lleva años abandonado y se está desmoronando.

Tenía razón. Todas las ventanas estaban rotas. Una pared se había caído y el techo de tejas de alquitrán estaba medio derrumbado.

Me giré y vi a Howard y a Jesse arrastrando a Harmony. Se dirigían al establo abandonado.

—¡Regresen aquí! —gritó Sabrina—. ¡Eh! ¡Vengan aquí ahora mismo!

Los niños no paraban de reír y de correr, y otros empezaron a seguirlos.

Me puse las manos alrededor de la boca para gritarles, pero en cuanto oí aquel sonido me quedé callada.

Escuché atentamente. ¿Era aquello el relincho de un caballo?

¿Provenía del establo abandonado?

"Imposible", me dije a mí misma y, sin embargo, volví a oírlo.

Le di un empujoncito a Sabrina.

—¿Has oído eso? —dije.

—¿Qué? —preguntó ella.

—Me pareció oír algo. Un caballo, quizá. Vamos a ver qué hay en el establo —dije, y empecé a atravesar la hierba alta del prado.

—No. Espera —dijo Sabrina tomándome del brazo—. Carly Beth, ya sé que te encantan los

24

caballos, pero ese establo es peligroso. Se está cayendo. Tenemos que detener a los niños. Tenemos que volver a la casa.

—Vamos, echamos un vistazo y regresamos —dije.

Tomé a Sabrina de la mano y la guié a través del prado. Pero no llegamos muy lejos.

Cinco o seis pasos más adelante, oímos a alguien que gritaba detrás de nosotros:

—¡NOOOOOOOOO! ¡NO VAYAN ALLÍ!

Me di vuelta y vi a Laura detrás de nosotras, al borde del huerto de manzanos. El viento alborotaba su melena rubia mientras hacía gestos desesperados, intentando detenernos.

Sabrina y yo reunimos a los niños, lo que no fue difícil. Estaban bastante cansados después del largo paseo y de las incesantes carreras y saltos.

Al regresar a la casa, los padres y las niñeras los esperaban en la entrada para llevarlos a casa. Sabrina, Laura y yo les pusimos sus abrigos y gorros, y se marcharon.

Qué silencio.

Lo único que se oía era el traqueteo de las viejas ventanas agitadas por el viento y el monótono tictac del reloj del pasillo.

Entre las tres nos pusimos a limpiar el cuarto de juegos. Luego nos dirigimos a la cocina. Era una enorme cocina muy antigua con un amplio ventanal que daba al prado, en la parte trasera de la casa.

Laura tenía una olla de chocolate caliente en el fogón. Llenó tres grandes tazas blancas y nos sentamos a saborearlo y a reposar un poco ante la mesa de la cocina, que tenía un mantel a cuadros blancos y rojos.

—¿Se puede saber qué pasa con el establo abandonado? —pregunté—. ¿Por qué te pusiste tan nerviosa?

Laura empezó a dar vueltas lentamente a la taza con sus pálidas manos.

—¿No saben lo del viejo establo? —dijo muy bajito.

Una ráfaga de viento golpeó la ventana de la cocina.

—Nunca habíamos estado detrás del huerto —dije.

Laura asintió con la cabeza y tomó un sorbo de chocolate.

—La historia del establo es escalofriante —dijo—. La Sra. Lange me la contó y la verdad es que es bastante triste.

Me incliné hacia ella.

—¿Da miedo? ¿A qué te refieres? —pregunté.

Laura se enrolló un mechón de pelo entre los dedos y, sin apartar los ojos de la ventana, comenzó a contar:

—Hace muchos años guardaban caballos de montar en ese establo. Era famoso por sus elegantes caballos. Estaban muy bien cuidados.

Tomó otro sorbo de la taza y la mantuvo entre las manos.

—Una noche, la gente de la granja oyó gritos. Eran tan agudos que no podían ser humanos. Ni siquiera se puede decir que fueran realmente gritos.

Sentí un frío súbito en la boca del estómago.

—¿A qué te refieres? ¿Quién estaba gritando? —pregunté.

—Eran gritos de horror —dijo Laura—. Procedían de los caballos del establo.

Laura seguía enrollándose y desenrollándose los mechones de pelo.

—Yo nunca he oído gritar a un caballo, ¿y ustedes? —preguntó.

Tragué en seco.

—Debió haber sido *terrorífico*, pero… —dije.

Laura me interrumpió.

—Todo el mundo salió corriendo al establo. Al abrir las puertas hallaron a todos los caballos muertos —dijo Laura—. Estaban amontonados contra una de las paredes.

—¿Cómo? —pregunté—. ¿Quién los mató?

—El pánico —respondió Laura—. Los caballos murieron de miedo.

—¿Qué? —preguntó Sabrina con los ojos desorbitados.

El viento volvió a golpear las ventanas y sentí un escalofrío.

Yo adoro los caballos. Quise trabajar en un establo que hay cerca de mi casa, pero como no tenían ningún trabajo para mí acabé en Tumbledown Farms.

—Le echaron la culpa al mozo de cuadras —dijo Laura—. Una noche se coló en el establo. Creen que quería dar un susto a su jefe o a algún empleado.

—Pero asustó a los caballos sin querer —dije.

—Así es —dijo Laura—. Se los podía oír relinchar a millas de distancia. Se volvieron locos y se lanzaron en estampida. Se aplastaron unos a otros contra la puerta, contra las paredes. El mozo de cuadra fue arrollado por los caballos, que lo pisotearon hasta matarlo.

—Ay, no —susurré.

Miré al otro lado de la mesa. Sabrina tenía los ojos cerrados y aún no había probado su chocolate.

—Esa fue la historia que me contó la Sra. Lange —dijo Laura—. Les advertí que era una historia triste. ¿Se imaginan lo que debió ser abrir las puertas del establo y encontrar una pila de caballos muertos?

—¿Pero qué fue exactamente lo que asustó a los caballos? —pregunté horrorizada.

Laura respiró profundamente y, de pronto, se puso muy pálida.

—Si se lo cuento no me van a creer —dijo sacudiendo levemente la cabeza—. Según los granjeros, la causa de la tragedia fue una máscara, una repugnante máscara de Halloween. Pero cuando limpiaron los establos ya no estaba. Desapareció por completo.

Algo golpeó el piso. Estaba tan impresionada por el relato de Laura que me tiré encima la taza de chocolate. Sentí el líquido caliente recorriendo mis piernas.

—Carly Beth, ¿estás bien?

Escuché a Sabrina, pero estaba demasiado ensimismada como para responder.

—¿Carly Beth? ¿Estás bien? ¿Carly Beth?

¿Sería la misma máscara?

El corazón me golpeaba el pecho. Me sobrevino la imagen de aquella máscara repugnante, avejentada, con su piel arrugada y sus colmillos retorcidos.

Miré hacia arriba. Sabrina estaba limpiando el chocolate derramado. Me puso una mano en el hombro.

—Centro de control llamando a Carly Beth —susurró.

Parpadeé sin dejar de mirar a Laura.

—¿Te dijo algo más la Sra. Lange sobre la máscara del establo? —pregunté.

—No. Sólo dijo que según cuenta la leyenda, la máscara vuelve a aparecer cada vez que se acerca Halloween.

Al oír aquello sentí un escalofrío en la nuca.

—¿A qué viene tanto interés en el tema, Carly Beth? —preguntó Laura.

—Es que es... tan triste —alcancé a decir.

—¿Sabes qué es lo más raro de todo esto? —dijo Sabrina—. Carly Beth dice que escuchó un relincho de caballos en el viejo establo.

Laura me miró con los ojos entrecerrados.

—¡Increíble! Eso es exactamente lo que dice la leyenda, que los espíritus de los caballos permanecen allí.

—Oyó un caballo —insistió Sabrina—. Fue claramente un relincho de caballo. ¿No que sí, Carly Beth?

Antes de que pudiera responder, la Sra. Lange irrumpió en la cocina. Venía cargando leña. Echó los troncos enfrente de la vieja estufa.

—¿Están hablando del famoso establo encantado? —preguntó.

Se sacudió las manos sobre su larga falda y luego se sirvió en una taza el chocolate que quedaba en la olla.

—Qué divertido es contar historias de espíritus en Halloween, ¿verdad? —dijo—. Yo no creo en fantasmas, ni en espíritus, pero ya saben lo que dice la gente, ¿verdad? Dicen que el establo está poseído por aquellos pobres caballos y por el mozo de cuadras.

Las tres la miramos fijamente.

—¿Quiere decir que el espíritu del mozo de cuadras sigue allí? —pregunté.

La Sra. Lange asintió con la cabeza.

—Dicen que no se marchará hasta que no le devuelvan su máscara de Halloween.

Intenté no delatarme, pero se me escapó del pecho un hondo gemido.

Laura me clavó la mirada desde el otro extremo de la mesa.

—¿Qué te pasa, Carly Beth? —preguntó.

La Sra. Lange se rió.

—A lo mejor es que a Carly Beth no le gustan las historias de espíritus —dijo.

Sentí un calor repentino en la cara.

—Eso es. Las historias de miedo siempre me dan pesadillas —dije y me puse de pie—. Vamos, Sabrina, el autobús debe estar a punto de llegar.

Sabrina y yo nos apresuramos a ponernos los abrigos. Luego recorrimos la senda de grava en silencio. Sabía que las dos nos estábamos haciendo las mismas preguntas:

¿Tuvo el mozo de cuadras la máscara durante todos esos años? ¿Sería la misma máscara que se encontraba en el sótano de mi casa? ¿Estaría el mozo aguardando en el establo para recuperarla?

A la hora de la cena no podía parar de pensar en la historia de Laura; en los pobres caballos relinchando enloquecidos, lanzándose contra las paredes y matándose de puro pánico.

En la historia de Laura y en aquella máscara... aquella horrenda máscara.

—Carly Beth, ¿estás despierta? —preguntó mi papá—. ¿No me has oído preguntarte por tu trabajo?

—Eh... No, lo siento —murmuré.

—A lo mejor se ha convertido en una zombi —dijo mi hermano pequeño, Noah, que sin pensarlo dos veces me dio un fuerte pellizco en el brazo para comprobarlo.

—¡Oye! —dije apartando el brazo—. ¿Por qué no

me dejas en paz, Noah?

Noah se rió y trató de pellizcarme de nuevo.

—¡Eres un pesado! ¡Eres peor que los niños de cinco años!

— ¡Y tú eres peor que las niñas de *cuatro* años!

—¡Ja! ¡Qué ingenioso!

—Esos niños te han dejado agotada —dijo mi mamá acariciándome el pelo.

—Sí, hoy estaban bastante inquietos —respondí.

—¡Eres peor que las niñas de *dos* años! —insistió Noah riéndose de su chiste.

—¿Puedo retirarme de la mesa? —pregunté.

Me fui corriendo a mi habitación. Esa tarde tenía muchos deberes, pero no me podía concentrar. La Máscara Maldita no se me iba de la cabeza.

Pensaba en la noche anterior. Pensaba en cómo me llevó hasta el sótano contra mi voluntad; en cómo me obligó a sacarla de su escondrijo y en lo cerca que estuvo de lograr su propósito.

Recordaba cómo gritaba y gritaba y gritaba…

Lo había pasado realmente mal y me salvé por los pelos.

Me preguntaba si habría cerrado bien la caja metálica. O si la había vuelto a poner en su sitio.

No estaba segura.

Paseaba de un lado a otro de mi habitación pensando en el mozo de cuadras, pensando en los caballos… y en la máscara del sótano.

Me di cuenta de que no tenía otra alternativa. Tenía que comprobar que la máscara estaba bien guardada. Tenía que comprobar si la caja estaba en su sitio y bien cerrada.

Salí de mi habitación sigilosamente y bajé las escaleras del sótano. Se oían explosiones y disparos en el cuarto de la televisión y a mis padres gritando entusiasmados.

Mis padres acababan de descubrir los juegos de video. Casi todas las noches, después de cenar, se ponían delante de la televisión a jugar WarMaster II en alta definición.

Sí, ya lo sé. Incomprensible.

Sujeté el picaporte de la puerta del sótano y respiré hondo. No quería bajar otra vez. El alarido de la máscara seguía retumbándome en los oídos.

Sin embargo, tenía que asegurarme de que estaba bien guardada.

Abrí la puerta, encendí la luz del sótano y empecé a descender por las inclinadas escaleras de madera, que volvieron a crujir bajo mis pies.

A mitad de camino ya se oía el murmullo lastimero de la caldera. Y justo después escuché…

¿Un susurro?

Mantuve la respiración y presté atención.

Sí. Una voz áspera susurraba:

—*Carly Beth… Carly Beth… ¡Estoy aquí, Carly Beth!*

8

Se me escapó un grito. Las piernas se me aflojaron y tuve que sujetarme de la barandilla de las escaleras para no caer.

El murmullo de la caldera se transformó en un rugido. Me esforcé en oír aquella voz.

Todo estaba en silencio.

Silencio.

Y luego sonó una risita familiar.

No lo podía creer.

—¡Noah!

Mi hermano apareció al final de las escaleras y se puso a bailar como un loco.

—¡Noah, no tiene ninguna gracia! —dije enojada. Bajé corriendo las escaleras y le puse las manos alrededor de su cuello de pajarito—. Ahora mismo podría estrangularte, tonto.

Siguió riendo y se escabulló de mi lado.

—¿Se puede saber qué haces aquí abajo?

Se me quedó mirando sin dejar de sonreír.

—Te pasas la vida diciendo a la gente lo valiente que eres, Carly Beth, y has pegado tremendo grito.

—¡Claro que no! —dije.

—¡Sí, gritaste! —replicó Noah.

—He gritado para darte un susto —dije.

—Sí, claro —dijo riendo. Luego me apartó de su camino y subió corriendo—. ¡Hasta luego, gallina! —dijo dando un portazo.

Me quedé ahí, mirando el sótano mientras mi corazón volvía a latir con normalidad.

"¿Tendría razón Noah? ¿Seré valiente o simplemente me hago la valiente?", me pregunté.

"No, deja de pensar en eso", me dije a mí misma.

Yo *quería* ser valiente. No quería volver a ser la Carly Beth asustadiza del año anterior.

Me aparté el pelo de la frente, respiré profundamente y atravesé el sótano rumbo al pequeño almacén.

Me detuve al llegar a los carteles de caballos que tenía en la pared del cuarto de juegos. Eran unos caballos bellísimos. Verlos volvió a recodarme la terrible estampida de caballos desbocados en el viejo establo.

¿Podría algún día sacarme esa historia de la cabeza?

Entré lentamente en el pequeño almacén y tiré del cordón que colgaba del techo para encender la luz. Corrí hacia el montón de cartones de la esquina bajo una luz parpadeante y amarillenta.

Ay, no.

La caja metálica negra. Estaba en el suelo del sótano delante de los cartones. La noche anterior había guardado la máscara allí. Pero estaba tan asustada que no puse la caja en su sitio.

Me puse de cuclillas y la levanté del piso con las dos manos.

—¡Eh! —exclamé. La máscara golpeaba las paredes de la caja tratando de escapar.

Y esta vez el susurro no procedía de Noah. Venía de *adentro* de la caja.

—Ya casi es Halloween... Ya casi es...

9

Varios días después, un sábado por la tarde estaba en casa cuidando de Noah. De momento, se estaba portando bien. Sabía que estaba en su habitación porque lo oía reír. Estaba viendo uno de esos programas del canal de Disney que tanto lo divierten.

Yo estaba en mi habitación observando una botella de tintura de pelo que había comprado en una farmacia. Quería hacerme unos reflejos rubios, algo que requería de mucho valor.

Quizá demasiado valor. Por eso decidí esperar hasta hablarlo con Sabrina.

Sonó el teléfono. Era ella.

—¿Te has enterado de lo de Sarah David? —preguntó.

Sarah es una niña de nuestra clase que siempre se está tiñendo el pelo y nos ha contado que lleva poniéndose pintalabios desde los cinco años.

—¿Qué le pasó? —pregunté.

—Fue al centro comercial para comprar un regalo de cumpleaños para su mamá y se puso un arete en la nariz —dijo Sabrina.

—Vaya regalo de cumpleaños más raro —dije.

Las dos nos echamos a reír.

—Se ha puesto un diamante pequeño.

—¿Lo sabe ya su mamá? ¿Le pidió permiso?

—No —respondió Sabrina—. No va a decir nada. Sara dice que la gente nunca se fija en ella. Va a esperar a ver si alguien de su familia se da cuenta.

—Genial —dije.

Oí a Noah muriéndose de risa en la habitación de al lado.

—Tengo una idea —dijo Sabrina.

—¿Te vas a poner algo en la nariz? —pregunté.

—No. Tengo una idea sobre la escuela. ¿Te acuerdas de esa narración que nos pidieron escribir sobre leyendas locales? Creo que voy a escribir sobre la historia del establo abandonado.

Me imaginé el viejo establo: las paredes medio derrumbadas, la hierba alta creciendo por encima de las puertas.

—Es una historia escalofriante. Seguro sale una narración excelente —dijo Sabrina—. La semana que viene voy a entrevistar a la Sra. Lange. Y quiero sacar fotos del establo por dentro.

—¿Por dentro?

—Sí, ya lo sé. Todas las cuadras están vacías —dijo Sabrina—. Quiero que vengas conmigo, ¿de acuerdo? ¿Quieres que vayamos ahora?

—Ahora no puedo —dije—. Estoy cuidando a Noah.

Estuve a punto de decirle que no quería ir al establo de ninguna manera, pero cambié de opinión.

Era una oportunidad perfecta para demostrarme a *mí* misma que había superado todos mis miedos.

—¿Qué te parece si vamos esta noche después de cenar? —preguntó Sabrina.

—Claro —respondí—. Te veo en la parada del autobús.

Respiré profundo. Era un simple establo abandonado.

¿Qué podía pasar?

10

Cuando Sabrina y yo llegamos a la última parada del autobús, el sol ya empezaba a ponerse detrás de los árboles. Las sombras del atardecer se proyectaban sobre las casas y los jardines que flanqueaban la carretera.

Nos bajamos del autobús en Tumbledown Farms. Sólo había una luz encendida en el piso de arriba de la casona blanca. Dejamos atrás la senda de grava y emprendimos la marcha hacia el huerto de manzanas.

El prado detrás de la casa estaba plagado de insectos que zumbaban a nuestro alrededor. Yo iba abriendo camino entre la hierba alta. Los terrones secos crujían a nuestro paso.

Se oían animales correteando entre la hierba seca y los matojos. El cielo estaba cada vez más oscuro. Las nubes tapaban la luna. Una ráfaga de viento frío se me metió por la chaqueta y me hizo temblar.

—He traído una linterna —dijo Sabrina.

Oí el *clic* de un botón y apareció un haz de luz blanca sobre la hierba.

—Mira, ahí está el establo —dijo Sabrina

iluminándolo de arriba a abajo.

Se veía la negra silueta del edificio dibujada contra un cielo gris rosáceo.

—¡Ay!

Sentí un dolor agudo en la frente. ¿Un mosquito? ¿En octubre? Me di una palmada. Demasiado tarde.

—Vamos, ya es casi noche cerrada —dijo Sabrina, y empezó a correr. El foco de su linterna rebotaba en el suelo.

—¡Un momento! —dije mientras me detenía a mirar el establo.

Los tablones de una de las fachadas estaban resquebrajados y medio podridos. Otra fachada se había caído hacia el interior.

Altísimas hierbas se asomaban por las ventanas. Las contraventanas estaban rotas y descolgadas.

Corrimos hacia la fachada frontal por uno de los lados. Me detuve al notar algo blando y viscoso bajo mis pies.

—¡Sabrina, mira! —dije, pero ya estaba ante las puertas de doble hoja de la entrada y no me oyó.

Me miré los pies. Estaba parada sobre un pequeño cuadrado de tierra blanda y grumosa. Era como si acabaran de excavar y cubrir de nuevo un agujero.

Se me cruzó por la mente un pensamiento perturbador: "Es una pequeña tumba".

Pero era una idea absurda. ¿Quién podría cavar una tumba allí?

Me quité el barro de los zapatos y me reuní con Sabrina en la entrada del establo. Una de las puertas estaba completamente abierta. En el interior reinaba una oscuridad absoluta y se sentía el olor ácido a tierra y a paja y madera descompuestas.

Sentí cómo mi corazón empezaba a latir un poco más rápido. Los pájaros trinaban en los árboles a nuestras espaldas, como advirtiéndonos de algo. En ese momento, se oyó el grave ulular de una lechuza.

Tomé a Sabrina por el brazo.

—¿Qué pasa? —preguntó.

—He traído… una cosa —respondí alzando la bolsa de plástico que llevaba en la mano y sacando de ella un manojo de zanahorias.

Sabrina me enfocó con la linterna.

—¿Zanahorias, Carly Beth? ¿Para qué? —dijo.

—No sé —respondí encogiéndome de hombros—. Para los espíritus de los caballos, supongo.

—¿Estás loca o qué? —dijo Sabrina mirándome con incredulidad—. ¿Me dirás ahora que crees en los espíritus?

No respondí. Tomé a Sabrina del brazo y la guié hacia el interior del establo.

El olor ácido se hizo más intenso. El aire se tornó pesado, frío y húmedo. Fue como entrar en un refrigerador.

El viento golpeó una contraventana contra una fachada del establo. Las suelas de nuestros zapatos se deslizaban sobre la paja seca mientras caminábamos hacia las cuadras de los caballos. Me tropecé con un cubo metálico que salió rodando por el suelo de tierra.

—Ten cuidado —susurró Sabrina y me pasó la linterna—. Sujeta esto mientras tomo fotos.

Mi amiga alzó la cámara y oprimió un botón.

Puse el manojo de zanahorias en el suelo, ante la primera cuadra. Luego, enfoqué con la linterna todo el establo.

El haz de luz acarició las paredes de madera de las dos primeras filas de cuadras. Parecía que algún animal las había roído hasta hacerlas añicos.

En el interior de la primera cuadra había un montón de paja. Enfoqué hacia allí y vi un ratón inmenso que salió corriendo hasta un agujero de la pared.

Del susto salté hacia atrás y, sin querer, alumbré con la linterna el techo del establo. ¿Serían murciélagos esas cosas que colgaban de las vigas más bajas?

Sabrina seguía ocupada tomando una foto tras otra. Apunté hacia arriba para que fotografiara los murciélagos.

—Por aquí —susurró.

Nos dirigimos hacia la primera fila de cuadras. El aire se fue haciendo más denso y húmedo a medida que avanzábamos hacia el interior del establo.

—Carly Beth, enfoca aquí —dijo Sabrina—. Mira esto.

Apuntó a una banqueta alta de madera que estaba tumbada en una de las cuadras. Luego la enderezó y sacudió el polvo con una mano.

—¿Crees que el mozo de cuadra se sentaba en esta banqueta? —preguntó—. Qué sensación más extraña, ¿no crees?

No tuve tiempo de responder. Sin mediar palabra Sabrina se sentó en la banqueta y me pasó la cámara de fotos.

—Sácame una foto aquí. Quedará genial en la

portada de mi narración.

Miré por el visor de la cámara y oprimí el botón. El flash iluminó a una Sabrina triunfante, sentada en la banqueta con los brazos en alto.

Saqué otra foto que me deslumbró. Parpadeé para borrar el destello de mis ojos.

Aquella banqueta parecía flotar en medio de un haz de luz. ¿Se habría sentado alguna vez el mozo de cuadra en esa banqueta? ¿La habrían tumbado los caballos enloquecidos?

Traté de borrar esos pensamientos de mi mente.

Y entonces escuché un golpe seco, como si un peso muerto hubiera caído en una de las cuadras del fondo.

—Sabrina, ¿oíste eso? —susurré.

Estaba paralizada

—Sí, lo oí —dijo Sabrina.

Nos quedamos como estatuas tratando de captar más sonidos.

Sentí un escalofrío en la nuca.

—Tengo la extraña sensación de que alguien nos está observando —dije.

—Debe haber sido una rata, un mapache o algo parecido.

Otro golpe. Y esta vez vino seguido de un movimiento sobre la paja.

Luego escuché algo que me dejó helada.

11

Era el relincho apagado de un caballo.

Se me cayó la linterna, que rodó por el establo. Tomé a Sabrina del brazo.

—¿Tú también lo oíste?

Antes de que pudiera responder, escuché otro relincho más fuerte. Estaba cerca. Muy cerca. Venía de una cuadra al fondo del establo.

—Sí, lo oí —susurró Sabrina acercándose a mí.

Oímos otro golpe. Era como si un caballo se hubiera estampado contra la pared. Y luego se escuchó un sonido de cascos sobre la paja.

—¡La leyenda! —susurré—. ¡Es cierta!

Me temblaba todo el cuerpo. Se me cerró la garganta. Me costaba respirar.

—Es cierta, Sabrina. *Ocurrió* de verdad —dije apretando el brazo de mi amiga.

Lo que no me podía esperar fue la reacción de Sabrina, que se apartó de mí y se echó a reír.

—¿Sabrina?

—Lo siento, Carly Beth —dijo agitando la cabeza—. Creo que la broma ha llegado demasiado lejos. No quiero pasarme de malvada.

Yo seguía temblando.

—¿Broma?

Sabrina se puso las manos alrededor de la boca y gritó:

—Chuck, Steve, ya pueden salir.

Vaya. Empezaba a comprender. Empezaba a entender lo que estaba sucediendo.

—No tienes que preocuparte por los espíritus de los caballos, todo ha sido una broma, Carly Beth. Fue idea de Chuck. Lo siento. Fueron ellos los que me hicieron traerte aquí. Pensé que sería divertido —dijo Sabrina poniendo su mano en mi hombro.

Empecé a respirar con normalidad. Ya no tenía miedo, pero sí estaba muy *enojada*. ¿A qué venía todo esto?

—¡Chicos! —exclamó Sabrina—. ¿Dónde se han metido? ¡Se acabó la broma! ¡Ya pueden salir!

Sabrina enfocó hacia todas y cada una de las cuadras con la linterna.

No se oía nada, salvo el viento silbando a través de las grietas de las contraventanas.

—¿Chuck? ¿Steve? —dije—. Son muy graciosos. Ja, ja. ¿Lo han oído? Miren cómo me río. ¡Ustedes dos son *supercómicos*!

Silencio. Ni rastro de ellos.

—Sabemos que están aquí.

Tiré de Sabrina hacia el fondo de los establos.

—Vamos, esos idiotas quieren jugar al escondite. Busquémoslos —dije.

Empezamos por las cuadras del fondo. Sabrina

fue alumbrando las cuadras una por una. En la primera encontramos una vieja silla de montar medio enterrada en la paja. En la segunda cuadra había un ratón de campo muerto; tenía el cuerpo medio comido por los insectos y se veía su diminuta calavera.

—¡Ya basta! ¡Salgan, muchachos! —exclamó Sabrina—. Se acabó la broma.

Volvimos hacia atrás mirando la otra fila de cuadras hasta llegar al punto de partida. Sabrina me miró con el ceño fruncido.

—¿Dónde se habrán metido? —dijo—. Sé que están aquí.

Alumbró al suelo con la linterna.

Miré hacia abajo y me quedé helada.

—¡Mira, Sabrina! —dije—. ¡Las zanahorias no están!

12

Intenté calmarme para poder dejar de temblar.

—Sabrina, aquí está pasando algo muy extraño —susurré.

—No tiene nada de extraño —contestó, esta vez con tono enfadado—. Las zanahorias se las han llevado Chuck y Steve. Sé que fueron ellos. Esas dos alimañas se van a enterar —dijo mirando a su alrededor—. ¿Dónde se habrán metido?

—A lo mejor salieron sin que nos diérámos cuenta —dije—. A lo mejor salieron mientras estábamos al fondo del establo y se llevaron las zanahorias.

—A lo mejor —dijo Sabrina. Sacó su teléfono celular del bolsillo de sus jeans—. Veamos, voy a llamar a Chuck.

La enfoqué con la linterna mientras marcaba el número de Chuck.

—Hola, Chuck, soy Sabrina. ¿Dónde estás?

Hubo una pausa.

—¿En casa? ¿Cómo que estás *en casa*? ¿Steve está contigo? Pero, ¿y la broma? ¿No te acuerdas? ¿Carly Beth? ¿El viejo establo? —dijo Sabrina.

Podía escuchar el vozarrón de Chuck en el teléfono de Sabrina.

Mi amiga me miró y colgó el teléfono.

—¿Lo puedes creer? Los dos están en casa de Chuck. Fue una ocurrencia *suya* y a los muy tontos se les olvidó.

Di dos pasos hacia atrás. La cabeza me daba vueltas. Si los muchachos estaban en su casa, ¿de dónde provenían los relinchos de caballo? Esta vez, Sabrina también los había escuchado: los relinchos y el sonido de cascos de caballo sobre la paja.

Sabrina se mordió el labio inferior. Tenía sus ojos negros abiertos como platos.

—Creo que ahora soy yo quién está asustada —dijo—. Larguémonos de aquí.

Las dos salimos corriendo por las puertas del establo. La hierba alta nos azotaba el cuerpo mientras atravesábamos el prado a toda velocidad.

El ventarrón de octubre nos obligaba a bajar la cabeza. Las suelas de los zapatos patinaban sobre el piso resbaladizo cubierto de barro.

Volví a oír, no lejos de nosotras, el lúgubre ulular de una lechuza.

Y más fuerte aun que el canto del ave nocturna... distinguimos con claridad otro relincho de caballo. Esta vez más estridente y suplicante, como si nos estuviera pidiendo ayuda.

¡III! ¡IIII!

Presas del pánico, Sabrina y yo aceleramos aun más. ¡NOOOO! Corrimos con todas nuestras fuerzas y sin parar de gritar hasta que llegamos a la parada del autobús junto a la carretera.

Nuestros zapatos mojados golpeaban el asfalto. Nos detuvimos exhaustas y nos abrazamos mientras recuperábamos el aliento. Los relinchos de los caballos no se iban de nuestras mentes.

—Vamos, autobús —dije escudriñando la negra carretera con la mirada—. Vamos, ¡date prisa!

—¿Dónde se ha metido *ese* autobús? —protestó Sabrina.

Los árboles que flanqueaban la carretera silbaban y crujían con el viento, que de pronto apartó una nube que tapaba la luna. Era una luna plateada, clara, etérea.

Me di la vuelta. Ahora se podía distinguir claramente el viejo establo.

Fue entonces cuando vi al muchacho y grité. Estaba de cuclillas sobre el techo plano del establo y nos miraba fijamente. No se movía. Sólo nos miraba.

Me quedé paralizaba sin poder apartar los ojos de él.

¿Cómo había trepado hasta el techo? ¿Fue él quien hizo esos sonidos?

¿Quién *era*?

13

—Jesse, ¿tienes tú las piezas de lego que le faltan a Colin? —dije sujetándolo por los hombros y mirándolo fijamente a los ojos.

Jesse miró hacia otro lado.

—Es que me hacían falta para terminar mi robot —respondió.

—¡Has destrozado *mi* robot! —protestó Colin—. Y mi robot era mucho mejor que el tuyo.

—¡Tu robot parecía un *conejo*! —gritó Jesse.

—¡Claro que no! ¡El tuyo parece un *zorrillo*!

Sabrina se llevó a Colin de la mano y lo acompañó hasta una mesa cubierta de bloques de plástico. Se sentó con él y empezaron a construir un nuevo robot entre los dos.

—Jesse —dije muy calmada—, ¿vas a pedirle perdón a Colin?

El niño me miró con una mueca de disgusto.

—¡Siento que tu robot pareciera un estúpido conejito! —gritó.

Vaya disculpa.

En cuanto los niños se fueron, la Sra. Lange nos

ayudó a Sabrina, a Laura y a mí a recogerlo todo.

—Chicas, tengo que preguntarles algo —dijo mientras echaba piezas de lego en una caja—. ¿Pueden trabajar el Día de Halloween?

Paramos de recoger y nos quedamos mirándola.

—¿Se refiere a la noche de Halloween? ¿Para qué nos necesita? —pregunté.

—Los padres me han preguntado si podríamos celebrar aquí una fiesta de Halloween para los niños —contestó—. Ya saben, están buscando un lugar donde celebrar una fiesta a gusto y sin peligro. Tendremos disfraces, comida, juegos. También están dispuestos a pagar bien. Además, acabaremos temprano. Tendrán tiempo de sobra para salir a divertirse.

—Yo puedo —dijo Laura echándose el pelo hacia atrás—. Cuente conmigo.

—Yo también —dijo Sabrina—. ¿Ganar dinero por asistir a una fiesta de Halloween? ¡Me parece genial!

—Cuente conmigo también —dije yo.

Después de la pesadilla del año anterior, la idea de refugiarme con los niños la noche de Halloween me parecía de lo más apetecible.

—Me encantan las fiestas de Halloween —dijo Laura—. A lo mejor podemos hacer un concurso de lámparas de calabaza. Y... ¡ya lo tengo! Los niños podrán hacer sus propias máscaras. ¿Les gusta la idea?

—Me gusta tu entusiasmo —dijo la Sra. Lange agarrando una escoba y empezando a barrer el piso—. Carly Beth, a lo mejor te sabes alguna emocionante historia de espíritus para contarles a los niños.

—¡Buff! —dije agitando la cabeza—. No se me va de la cabeza la historia del mozo de cuadra en el establo. Qué miedo. La verdad es que si no contamos historias de espíritus, por mí mucho mejor.

Unos minutos después, Sabrina se despidió de la Sra. Lange. Mi amiga tenía que regresar temprano porque su familia había invitado a cenar a unos familiares. Laura también se marchó.

Cuando llegó el momento de marcharme, no pude evitarlo. Salí por la puerta trasera de la casa y me dirigí al huerto de manzanas. Sabía perfectamente a dónde iba: al establo abandonado. Tenía que verlo otra vez.

El sol se acercaba al horizonte por detrás de los árboles. Era una tarde fría y despejada.

Surqué la hierba alta del prado con la brisa en la cara. Caminé junto a una de las fachadas del establo hasta encontrarme con aquella superficie de tierra recién removida.

Me quedé mirándola. ¡Qué misterio! Alguien había estado excavando ahí no hacía mucho. Pero, ¿quién? Y, ¿por qué?

No tenía ninguna respuesta para esas preguntas. Caminé alrededor de aquella superficie para no pisarla y entré en el establo.

Fui recibida de nuevo por aquel intenso olor a heno y barro. Un haz de luz grisácea se colaba a través de las pequeñas ventanas y por un gran agujero en el techo.

Eché un vistazo rápido. El establo estaba vacío. Vi una frazada moteada en la pared de una de las cuadras. Y, acumulados contra las paredes, montoncitos de paja cubiertos de miles de insectos.

Cuando me disponía a marcharme me quedé helada al oír un movimiento sobre la paja.

¿Eran cascos de caballo? No, esta vez parecían más bien los pasos de una persona.

Me giré de golpe y exclamé:

—¿Hay alguien aquí?

Silencio.

Y luego volví a oír el sonido.

Mis ojos buscaron aquella presencia en cada una de las cuadras. Pero no vi a nadie.

—¡Oh! —exclamé al ver junto a mí a un muchacho.

Tenía el pelo marrón, muy corto, y unos profundos ojos negros que contrastaban con su pálida piel.

Llevaba una camisa de franela café y negra y unos jeans rasgados.

—¿Quién eres? —exclamé dando un paso hacia atrás—. ¿Qué haces aquí?

Me miró con una media sonrisa.

—Vivo aquí —dijo.

14

—No co… comprendo —alcancé a decir sin poder apartar la mirada de aquellos ojos profundos y tristes—. Aquí no vive nadie. Esto es un establo.

El muchacho sacudió la cabeza sin dejar de sonreír.

—Lo que quería decir es que mi familia vive por aquí —dijo. Hablaba despacio, con un ligero acento sureño—. Me gusta venir aquí porque es un lugar muy tranquilo.

De repente, sentí la necesidad de tocarlo, de sujetarle la mano para comprobar si era real.

—¿Qué haces *tú* aquí? —preguntó él.

—Eh… trabajo en la granja. Por las tardes, quiero decir. Con los niños. —No podía dejar de tartamudear. Debió darse cuenta de que estaba asustada—. Me llamo Carly Beth.

—Yo me llamo Clark —dijo él—. Te debo haber asustado apareciendo así, sin avisar. Perdona.

—Está bien —dije.

—¿Conoces la historia que se cuenta sobre este establo? —preguntó—. Es un lugar bastante escalofriante —dijo y sonrió—. A lo mejor me gusta venir por eso. —Su mirada casi me quemaba los ojos—. ¿Crees que es malo que a uno le gusten las cosas escalofriantes?

Aquella pregunta me hizo sentir mucho miedo. A lo mejor fue por la manera en que me lo preguntó, clavándome la mirada como si pudiera leer mi mente o algo parecido.

—Algo he oído —contesté—. Es horrible. Esos pobres caballos...

Me miró con el ceño fruncido, casi enojado.

—¿Cómo dices? ¿Te importan más los caballos? ¿Y qué me dices del pobre mozo de cuadras?

—To... toda la historia es realmente penosa —respondí a duras penas—. ¿Sabes? Mi amiga Sabrina y yo vinimos aquí el sábado pasado. Y... oímos caballos. Oímos relinchos aquí, dentro del establo.

Clark se rió. Se reía de una forma diferente, como si se estuviera ahogando.

—Debes tener una gran imaginación —dijo—. Yo siempre vengo aquí y jamás he oído ningún caballo. Algún que otro ratón, pero caballos nunca.

—Lo que oímos no fueron ratones —dije—. Eso te lo puedo asegurar.

El muchacho dio una patada a un montón de paja y cientos de insectos salieron corriendo por el suelo del establo.

—Qué lugar más triste —dijo en voz baja—. Pensar en todo esto me resulta muy extraño.

Me preguntaba si Clark conocía la historia de

la máscara. Quería saber si la máscara del mozo de cuadras era la misma que tenía guardada en el sótano de mi casa.

—Dicen que la estampida fue causada por una máscara —dije.

La mirada de Clark volvió a cobrar intensidad y su expresión se volvió grave.

—¿Tú sabes cómo era esa máscara? —pregunté.

—Ni idea —dijo, y se encongió de hombros.

"Está mintiendo", pensé sin dudarlo ni un instante… Y las palabras se me escaparon de la boca. No sé por qué, pero a partir de ese momento empecé a contarle lo que me pasó la noche de Halloween del año anterior.

—Te he preguntado por la máscara porque tuve una experiencia terrible con una máscara el último Halloween —dije.

Volvió a clavarme la mirada. Sin duda, había logrado captar su atención.

—El año pasado —proseguí—, me puse una máscara que se me quedó pegada a la piel. Me era imposible quitármela. Y la máscara empezó a cambiarme. De pronto, empecé a tener pensamientos malvados. Unos pensamientos verdaderamente malos y horribles. La máscara empezó a controlar mi cerebro y…

Clark rompió a reír y se pasó la mano por su cabeza casi completamente rapada.

—¿Una máscara malvada? —dijo—. Estás bromeando, ¿no?

Negué con la cabeza.

—No, Clark. Estoy hablando en serio. Yo...

—¡Vamos! —dijo interrumpiéndome—. ¿Una máscara que te hace mala persona?

Me crucé de brazos.

—Has dicho que conoces la historia del mozo de cuadras, ¿no? Pues entonces debes saber que se puso una máscara que asustó a los caballos y que el espíritu del muchacho que cuidaba a los caballos vive aquí, en este establo, y que...

Clark me miró fijamente.

—Carly Beth, ¿realmente crees en los *espíritus*? —dijo—. ¿Crees en espíritus y en máscaras malditas? —Se rió—. Oye, ¿tu amiga Sabrina es igual de rara que tú?

Esta vez lo miré yo a él fijamente. Sabía que estaba mintiendo. Era evidente que sólo fingía no creer en lo que acababa de decir.

Sentí otro escalofrío. Me parecía más o menos atractivo, pero había algo extraño en él. Era como si ocultara algo.

¿Qué hacía merodeando en este lugar apestoso e infestado de insectos? ¿Y por qué se vestía como un mozo de cuadras con esa vieja camisa de franela?

—Tengo que marcharme —dije—. Es muy tarde y no quiero perder el próximo autobús.

Me miró con una sonrisa sarcástica.

—Espero que el autobús no esté *embrujado* —dijo mirándome fijamente.

—Muy gracioso —dije—. Bueno, encantada de conocerte, Clark. Nos vemos... supongo.

—Nos vemos —respondió tocándose la sien con

dos dedos.

Me di media vuelta y salí del establo. Sentí un alivio súbito al salir de allí y respirar la primera bocanada de aire fresco. Troté a través del prado.

Y mientras me alejaba, volví a distinguir aquellos sonidos estridentes: relinchos de caballos que parecían llamarme.

Unos relinchos llenos de tristeza que me llamaban y me suplicaban que regresara a ese inquietante lugar.

15

Corrí hasta la carretera. Los relinchos de los caballos me retumbaban en los tímpanos. Estaba sofocada de tanto correr. Me sujeté al poste de la parada del autobús y lo abracé con fuerza.

Pasó un vehículo grande, como un jeep, con música *country* a todo volumen. El sol ya estaba por debajo de los árboles. Las luces del auto proyectaban sombras fantasmales que se movían por la carretera.

El asfalto estaba cada vez más negro. El autobús no llegaba. Sabía que pasaba cada media hora, más o menos, pero yo quería verlo *ya*.

Quería marcharme; alejarme del establo y de aquel extraño muchacho. El muchacho de los grandes ojos oscuros que se rió de mí cuando le dije que había oído el relincho de caballos. El muchacho que se rió cuando le dije que el establo estaba embrujado.

¿Qué sería verdad de lo que había dicho Clark?

Tirité en la creciente oscuridad. No quería pensar en Clark, ni en espíritus, ni en máscaras. ¡Sólo deseaba IRME de allí!

"Este autobús *nunca* viene —pensé—. Me debí

61

haber marchado a casa con Sabrina. Nunca debí haber ido a ese establo".

Saqué mi teléfono celular y decidí llamar a mis padres para pedirles que vinieran a recogerme. Marqué los primeros números, pero luego colgué.

El teléfono se había quedado sin batería. Suspiré agobiada y me volví a meter el teléfono en el bolsillo del pantalón.

Un pájaro trinó desde lo alto de un árbol al otro lado de la carretera.

—¿También tú te estás riendo de mí? —dije.

Decidí empezar a caminar. Caminaría por la carretera en dirección a mi casa. Y si el autobús pasaba le haría una señal para que se detuviera.

También podría caminar todo el trecho. Al fin y al cabo era sólo una milla o dos.

"Caminar me hará bien —pensé—. Así podré pensar y buscarle sentido a todo esto".

Tenía mucho en qué pensar. Empecé a caminar sobre la grava dándole vueltas a todo.

"¿Realmente escuché caballos?"

"¿Fue realmente mi máscara la que provocó la estampida que mató a los caballos?"

Sabía que Sabrina tenía razón: tenía que sacar esa máscara de mi sótano. Pero, ¿a dónde podría llevarla? ¿En qué lugar podría ponerla de manera que nadie la encontrara jamás?

Miré el reloj. Eran las siete en punto. La cena era a las seis y media. Mis padres debían estar frenéticos.

Seguramente estarían llamando a mi teléfono celular y a la Sra. Lange. Cuando se enteraran de que había ido a casa pie, me darían un buen sermón.

El aire estaba cada vez más frío. Me abroché la cremallera de la chaqueta hasta arriba. De pronto, mi mochila me pesaba una tonelada.

Los prados de la granja daban paso a dos filas de casas pequeñas. Sabía que ya me quedaba poco para llegar. Me sequé el sudor de la frente con la mano y apuré el paso.

—¡Cuidado! —advirtió una voz.

Dos muchachos en bicicleta pasaron a mi lado y chocaron las manos satisfechos de haberme asustado.

Casi todas las casas estaban iluminadas. Podía ver a las familias cenando en sus comedores. En una de las ventanas de la fachada principal de una casa, vi un enorme gato blanco mirándome mientras pasaba.

Si al menos pudiera llamar a mis padres y decirles que estoy bien. Volví a sacar el teléfono y lo agité. Pero nada. No funcionaba.

Llegué a la calle Melrose y doblé la esquina al llegar a Deckland. Ya sólo estaba a diez o quince minutos de mi casa.

Un enorme perro gris salió de un jardín y me empezó a ladrar con fiereza. El corazón me dio un vuelco. Luego me di cuenta de que el perro estaba encadenado.

Doblé otra esquina y pasé a una cuadra de pequeños comercios. Vi una lavandería y una zapatería. Ya habían cerrado. Pasé por la oficina de correos y un pequeño restaurante de pizzas a domicilio.

Empecé a cruzar la calle… Y me detuve.

Me quedé mirando a la tienda de la esquina

siguiente. Me fijé en la luz anaranjada brillante del escaparate.

Vi caras que me observaban. Unas caras horribles y deformadas.

Eran máscaras.

Tres filas de máscaras de Halloween miraban hacia la calle: una de gorila, varias de monstruos con ojos saltones y colmillos sanguinolentos, una peluda de hombre lobo y otra de una criatura con medio cráneo al aire.

Allí, inmóvil en medio de la calle, fui observando las máscaras una por una. Luego, me quedé mirando la puerta de cristal que tenía justo enfrente.

Sentí un violento escalofrío.

Reconocí la tienda perfectamente. ¡Por supuesto que la reconocí! Esa tienda había aparecido en muchas de mis pesadillas.

Era la tienda de máscaras.

¡La tienda donde compré la Máscara Maldita!

16

¿Cómo es posible que esté aquí? ¿Cómo ha regresado?

El año pasado la tienda se había esfumado, dejando en su lugar una parcela vacía.

Entonces, ¿por qué la tenía ante mí?

Un bocinazo de auto me sacó de golpe de mi perplejidad. Me protegí los ojos de la luz intensa de los faros y corrí hasta la acera.

Estaba ante el destello de luz anaranjada del escaparate. Las horrendas máscaras me miraban.

Corrí hasta la puerta de la tienda y agarré el picaporte. La tienda era real. No era un sueño.

Puse la cara contra el cristal y miré adentro. Se veía un estrecho pasillo con estantes llenos de máscaras a ambos lados, tal y como yo la recordaba.

Y detrás del mostrador estaba aquel extraño hombre, el mismo que me vendió la Máscara Maldita de Halloween.

Estaba allí, leyendo un libro. Alzó la cara hacia la luz y lo reconocí enseguida.

Tenía el mismo flequillo peinado con la raya en medio, el mismo bigote negro. Llevaba una larga capa negra sobre un traje del mismo color.

Me quedé un rato con la mano en el picaporte, mirándolo, recordando sus diminutos ojos negros con los que parecía adivinar mis pensamientos...

Respiré hondo y empujé la puerta. Se abrió con tanta fuerza que casi la incrusto contra la pared. Entré torpemente.

El dependiente no levantó la mirada. Esperó a que llegara hasta el mostrador. Luego alzó la cabeza lentamente y me miró con los ojos entornados.

—¿Se acuerda de mí? —pregunté con un tono agudo.

—Por supuesto que me acuerdo de ti, Carly Beth —dijo.

Al oírlo pronunciar mi nombre se me aceleró el pulso y me sujeté al mostrador con las dos manos para no caer.

—Tengo que devolverle la máscara y usted debe aceptarla. ¡DEBE ACEPTARLA! —grité.

La sonrisa del hombre desapareció de su rostro.

—No la puedes devolver —dijo.

Tras él, una fila de calaveras me sonreía desde un estante.

—¿Por qué NO? —pregunté.

El dependiente se echó la capa hacia atrás.

—Crees haberla derrotado, pero no es así —respondió.

Su respuesta me dejó perpleja.

—¿Qué quiere decir?

Se inclinó hacia mí. Lo tenía tan cerca que podía oler su aliento agrio.

—La máscara no acepta la derrota —susurró.

—Eso, es una lo... locura —alcancé a decir.

66

—Volverá, Carly Beth —dijo—. Este Halloween volverá por ti. Y no hay nada que puedas hacer para evitarlo.

—¡Eso es ABSURDO! —exclamé—. La tengo encerrada y...

—La máscara jamás ha sido derrotada por nadie —dijo acercando su cara—. Nadie cuya piel se haya fundido con la piel de la máscara, nadie cuyos ojos se hayan transformado en los ojos de la máscara ha vivido para contarlo. La máscara los ha destruido a todos. A todos excepto a *ti*. Estás viva... pero *¡sólo por ahora!*

Dio un paso hacia atrás y suspiró.

—¿Acaso crees que eres la única víctima de la máscara? En tu mundo, Carly Beth, hay una persona que poseyó la máscara y que hará lo que sea para recuperarla. *Lo que sea.* Es alguien a quien tú conoces.

—¿Eh? —Me quedé boquiabierta—. Me está confundiendo. Dígame qué puedo hacer. ¡Por favor!

—No te lo puedo decir porque no lo sé. Sólo sé esto —dijo—, la máscara no se dará por vencida hasta que logre controlarte. Hasta que su maldad vuelva a invadirte.

—¡No! ¡Por favor! —supliqué—. ¡Por favor, ayúdeme!

El vendedor se encogió de hombros. Oí el roce de la capa en su espalda.

—Te lo advertí, Carly Beth, pero no me quisiste hacer caso. Compraste la máscara y huiste con ella puesta. Ahora tienes que pagar un doloroso precio.

—¡No! ¡Escúcheme! —exclamé—. Se la traeré

67

ahora mismo para que la guarde en su tienda.

Movió la cabeza.

—Lo siento.

Salió de atrás del mostrador, me agarró del brazo bruscamente y me llevó hasta la puerta.

—No. ¡Por favor! ¡Espere! ¡Ayúdeme! —supliqué.

Me quedé plantada en la calle enfrente de la tienda. Oí el clic de un cerrojo. La tienda quedó a oscuras.

—¡No! ¡Tiene que ayudarme! —grité desesperada.

Sujeté el picaporte de la puerta. No cedía. Empecé a golpear la puerta con los puños.

—¡No quiero esa máscara! ¡Llévesela! —grité con todas mis fuerzas—. ¡Llévesela! ¡Llévesela! ¡Llévesela!

17

Corrí el resto del camino hasta mi casa. Las tiendas, las casas, los jardines… Todo iba quedando atrás como una masa gris difusa.

Llegué a la entrada de mi casa jadeando. Entré por la puerta trasera y sentí el calor del hogar. Olía a pollo asado.

Mis padres estaban en la salita. Dejé caer mi mochila y el abrigo en el piso del vestíbulo.

—Lamento el retraso —dije respirando con dificultad.

—¿Dónde estabas? Hemos cenado sin ti —dijo mi mamá acercándose—. Llamamos a la Sra. Lange. Dijo que saliste a la hora de siempre.

—¿Están preocupados o enojados? —pregunté.

—Las dos cosas —dijo mi mamá.

—No pasa nada —dije—. Estoy bien, de verdad. No es nada que no pueda explicar, ¿de acuerdo? Ahora quiero que me disculpen un minuto.

No esperé a que contestaran. Me di media vuelta y salí corriendo en busca de las escaleras del sótano.

Podía oír a mis padres gritándome, pero seguí

corriendo hasta llegar a las escaleras y bajar los escalones de dos en dos.

Tenía que comprobar que la máscara estaba perfectamente encerrada en su caja. *No podía* permitir que se escapara en Halloween. El dependiente de la tienda de máscaras estaba equivocado. ¡*Tenía* que estarlo!

Tiré del cordón que enciende la bombilla del pequeño almacén. Empecé a apartar cartones. Cuando me dispuse a abrir la caja metálica me temblaba todo el cuerpo.

Apenas podía respirar. Me dolía la garganta. Las manos me temblaban. No sé cómo logré abrir el cierre de la caja.

Levanté la tapa... Y GRITÉ.

—¿Pero QUÉ es esto? ¿QUÉ es esto? —grité.

Tiré de un amasijo de plumas amarillas y blancas. Era mi *disfraz de pato*. Aquel horrendo disfraz de pato que me hizo alguna vez mi mamá ahora estaba en la caja.

Lo saqué y lo arrojé al suelo. Luego me quedé mirando la caja vacía.

La Máscara Maldita ¡había desaparecido!

18

Seguía sin apartar la mirada de la caja vacía, medio mareada por la sorpresa y por el aluvión de pensamientos. Me agaché y recogí el disfraz de plumas. Lo agité con fuerza. ¿Estaría escondida en él la máscara?

No.

Me dejé caer sobre una caja de cartón. Tenía que pensar. Tenía que poner en orden los pensamientos que me pasaban por la cabeza; cada uno de ellos más terrorífico que el siguiente.

"¿Qué ha pasado? —pensé—. ¿Se habrá escapado la máscara? ¿Me habrá dicho la verdad el hombre de la tienda?"

Continué así sin parar.

"Dijo que alguien quería recuperarla. ¿Habrá venido alguien a robarla? ¿Cómo sabían dónde estaba escondida?"

¡Ah! Un momento.

De pronto recordé que Noah había estado en el sótano. ¿Me habría visto con la máscara? ¿Habría estado aquí la noche que dejé la caja destapada?

De pronto sentí náuseas y una presión intensa en la boca del estómago.

Cambiar la máscara por el disfraz de pato podría ser una broma típica de Noah. Si sacaba la máscara de la caja seguro que se la probaba. Estaba claro que si esa idea llegaba a ocurrírsele, no podría resistirse a ella.

¿Estaría el pobre Noah con la máscara pegada a la cara y sometido a su maldad?

El corazón me latía con fuerza. Me levanté con un gran esfuerzo y subí las escaleras corriendo.

Mi mamá me llamó desde la cocina.

—Carly Beth, ¿vas a cenar ahora? ¿Te sientes bien?

—Un momento —grité mientras corría al cuarto de arriba. Atravesé el pasillo como una bala y entré al cuarto de Noah.

—¡Noah! —grité—. ¡Noah! ¿Estás bien?

Abrí la puerta de golpe.

Noah se giró lentamente... Y me miró a través de una arrugada máscara verde.

19

Di dos pasos hacia atrás y me pegué a la pared.

Vi a Noah parpadear desde el interior de la máscara.

—¿Qué te pasa, niña rara? Me estoy probando mi nueva máscara del Increíble Hulk.

Me quedé mirando la horrible máscara verdosa y solté una carcajada de alivio.

—Estás guapísimo, Noah —dije—. Es que no esperaba...

—Quería la máscara de Wolverine —dijo con la voz atenuada por la máscara de goma—. Pero sólo tenían el Increíble Hulk.

—Creo que te sienta de maravilla. Si yo fuera tú no me la quitaba.

Noah se acercó y me dio una patada en la pierna.

—No te pongas violento, ¿eh?

—¿Cómo? ¿Pretendes que Hulk, el Increíble Hulk, no se ponga violento?

Noah rugió, me agarró de las piernas y me empujó. Los dos nos caímos al suelo entre risas, sin dejar de chillar ni un momento. Noah trató de sujetarme los brazos contra el suelo.

—Carly Beth, ¿se puede saber qué está pasando? —gritó mi mamá desde el piso de abajo—. Me estoy empezando a enojar de verdad. ¿Vas a venir a cenar o qué?

—¡Ya voy! —dije escapándome del Increíble Hulk—. ¡Ahora mismo bajo!

Fui hasta mi habitación y miré alrededor. Quería asegurarme de que la Máscara Maldita no estuviera escondida ahí.

Luego bajé corriendo a cenar.

No tenía mucho apetito. Estaba demasiado preocupada. Sabía que no tardaría en volver a ver la máscara.

¿Qué haría cuando llegara ese momento?

¿Qué podría hacer?

20

La noche de Halloween, Sabrina y yo corrimos por la senda de grava hasta la casa de la granja. Las dos íbamos disfrazadas de payaso. Nos pintamos la cara de blanco y nos pusimos unos collares de serpentinas en el cuello y narices rojas de goma.

De las ventanas salía una luz amarillenta. Se oía música y risas infantiles.

Al llegar a la puerta, Laura se apresuró a recibirnos. Llevaba un traje plateado de princesa. Tenía la cara enrojecida y el pelo alborotado sobre el rostro.

—¡Pasen! —gritó casi sin aliento mientras me ayudaba a quitarme el abrigo—. No saben cómo me alegro de verlas. ¿Dónde se habían metido?

—El autobús tardó una hora en llegar —dije—. Sentimos haber llegado tarde.

Laura suspiró.

—Más lo siento yo —dijo—. Esta noche los niños están muy alborotados. Están como locos. ¡Es como tener a ocho Jesses juntos!

—Intentaremos calmarlos —dijo Sabrina.

—Miren mi vestido de princesa —dijo Laura mostrando la parte delantera de su falda—. Ángela me ha escupido jugo de naranja.

—¿Ángela? ¿Mi ángel perfecto? —dije.

—Esta noche Ángela no tiene nada de ángel —dijo Laura enfurruñada.

Sabrina y yo arrojamos nuestros abrigos sobre una silla y seguimos a Laura a la sala de juegos. Habíamos colgado serpentinas anaranjadas y negras en las paredes y en el techo.

Vi a Jesse descolgando las serpentinas. Luego, intentó atarle las manos a la espalda a Colin con una de las serpentinas negras.

Colin trató de zafarse y tiró un plato de galletas al piso. Los dos chicos empezaron a pelearse.

Otros dos niños estaban reventando los globos que había en la sala. Debra estaba encogida en una esquina.

—¡Quiero irme a mi casa! ¡NO ME GUSTA HALLOWEEN! —gritaba.

—¡Qué fiesta más divertida! —bromeó Sabrina.

Laura se echó el pelo hacia atrás.

—Vamos a separarnos, son más que nosotras pero creo que podremos dominarlos —dijo.

Tardamos un rato en tranquilizarlos y sentarlos. Luego, Laura les enseñó una canción de Halloween. Nunca la había oído. Tenía uno de esos estribillos que tanto gusta a los niños que consistía en repetir *UUUUU, UUUUU, UUUUU* una y otra vez.

Más tarde, propuse a los niños que se inventaran su propia historia de miedo. Pero no podían parar de repetir aquel estribillo por toda la sala. Y Jesse intentó meterle a Harmony unos gusanos de gominola por dentro de su disfraz de bruja.

—Quería enseñarles a hacer lámparas de calabaza —dijo Laura—. Pero tal y como está el grupo, ¡ni *loca* saco yo los cuchillos!

—Están muy agitados —dije—. Después de comer tantos dulces no me extraña.

Otro balón estalló de repente y Debra empezó a llorar de nuevo.

En ese instante, la Sra. Lange irrumpió en la sala con su disfraz de bruja. Llevaba un vestido negro muy largo y un sombrero puntiagudo. También llevaba una máscara negra sobre los ojos y una antigua escoba de paja.

Echó la cabeza hacia atrás y se rió como una bruja. Lo hizo bastante bien, por cierto. Los niños se le quedaron mirando.

—Recojan esas galletas ahora mismo —dijo señalando al piso—. ¡De lo contrario haré un encantamiento y los transformaré a todos en arañas!

La Sra. Lange no paraba de reír.

—Laura, ¿no querías ayudar a los niños a hacer sus propias máscaras de papel? —dijo mientras llevaba crayones de colores a la mesa—. Vamos, manos a la obra. Pueden hacer máscaras con bolsas de papel. ¡Quiero ver las máscaras más horripilantes del mundo!

Los niños dejaron de hacerle caso. Corrían por la sala buscando dulces de Halloween, arrancando serpentinas de las paredes y lanzándose manzanas.

Suspiré. Pensé que la fiesta de los niños sería una buena manera de celebrar Halloween, pero ningún niño cooperaba. De todas formas, no me podía concentrar.

Me quedé mirando alrededor de la habitación. ¿Cómo iba a disfrutar de aquella fiesta? No me podía quitar la Máscara Maldita de la cabeza.

—¿Carly Beth?

Tardé unos minutos en darme cuenta de que la Sra. Lange me estaba llamando. Sacudí la cabeza, como queriendo arrojar fuera de ella mis pensamientos.

—¿Sí?

—Por favor, ¿puedes ir a mi oficina? —preguntó la Sra. Lange—. He dejado una bolsa de rotuladores encima del escritorio. Nos vendrían muy bien para hacer las máscaras.

—Por supuesto —dije.

Salí de la sala de juegos y avancé por el largo pasillo de la entrada escuchando mis propios pasos sobre el piso de madera.

Pasé junto a una amplia sala con un viejo piano pegado contra una pared. Luego vi un dormitorio pequeño con cuadros de caballos de carreras sobre la cabecera de la cama.

La oficina de la Sra. Lange era la última habitación al fondo del pasillo. Entré y encendí la luz.

La ventana estaba abierta. Las pálidas cortinas amarillas se batían con el viento como fantasmas.

En la pantalla de la computadora, que estaba encendida, había una imagen de un perro labrador con una extraña sonrisa. La Sra. Lange tenía el escritorio cubierto de montones de revistas, libros y papeles.

Me incliné sobre el escritorio buscando la caja de rotuladores.

Vi por el rabillo del ojo un libro que me llamó la atención. Era un viejo libro de tapas grises y raídas. Su título era *En tiempos de Tumbletown*.

Lo tomé. Olía a humedad. Al abrirlo me di cuenta de que era un libro sobre la historia de Tumblewood Farms. Pasé las hojas rápidamente con el dedo pulgar y me detuve en la sección de fotografías, en el medio del libro.

En la primera foto, en blanco y negro y algo velada por el paso del tiempo, se distinguía la granja original. Era básicamente un pequeño cobertizo de madera. En la siguiente foto aparecían unos granjeros que posaban con una sonrisa forzada ante un carro de heno.

Parpadeé al pasar de página y ver la siguiente foto. Era del establo. Lo reconocí de inmediato. A un lado había dos hermosos caballos con las cabezas agachadas.

Apoyado ante la entrada del establo estaba el mozo de cuadras. Tenía una pajita de heno en la boca.

Me acerqué el libro para ver mejor la foto.

La cara del mozo me resultaba familiar.

¡Sí! Entorné la mirada hasta distinguir aquel rostro con claridad.

Tragué en seco y sentí un frío repentino en todo el cuerpo.

¡El mozo de cuadras era CLARK!

21

Clark es un espíritu.

Sujeté el libro entre mis manos temblorosas y miré fijamente la cara del muchacho. Sí, no había duda, era Clark.

Clark es un espíritu.

Cerré el libro de golpe y lo dejé caer. De pronto me vinieron a la memoria las palabras del dependiente de la tienda de máscaras: "Hay alguien más ahí afuera. Una persona que tuvo la máscara en su poder y que hará lo que sea para recuperarla". Esa persona tenía que ser Clark.

—Tengo que decírselo a Sabrina —dije en voz alta.

Recogí la caja de rotuladores y regresé corriendo a la sala de juegos. Corrí por el pasillo a toda velocidad. Sentía el corazón golpeándome el pecho con fuerza.

—¿Sabrina? ¿Sabrina? —grité cuando entré en la sala de juegos.

Pero, ¿quién estaba allí? Clark. Lo vi apoyado contra la puerta de cristal del fondo. Tenía el flequillo caído sobre la frente y las manos en las caderas.

—¡Ah! —grité tímidamente. Hubiera lanzado un alarido si no hubiera estado medio paralizada por el pánico.

"Clark, sé qué estás haciendo aquí —pensé—. Sé toda la verdad sobre ti. Sé que eres el mozo de cuadras. Sé que eres un espíritu, un fantasma. ¿Por qué estás aquí?"

Clark se apartó de la puerta. Les dijo algo a Ángela y a Colin y luego se sacó algo del bolsillo.

¡Una *máscara*!

¿La máscara que había asustado a los caballos? ¿MI MÁSCARA MALDITA?

Clark se puso la máscara en la cara. Era una máscara horripilante, pero no era la mía. Era verde, de ojos grandes y tenía un hocico de caimán con dos hileras de dientes afilados.

Se la puso en la cara y se acercó a los niños.

Quise gritar con todas mis fuerzas, pero enmudecí.

Sabía que tenía que actuar rápido. Clark era un fantasma y yo era la única que lo sabía. Los niños estaban en peligro. *Todos* estábamos en peligro.

Tomé a Sabrina del brazo y la acerqué a mí.

—¡Corre! —alcancé a decir—. Llévate a los niños a la mesa de manualidades. Ponte a hacer máscaras con ellos. Que no se separen.

—La Sra. Lange y yo lo hemos intentado por todos los medios —respondió—, pero no hay manera de que se sienten.

—¡Escúchame! —grité—. Aléjalos de Clark. Diles que se sienten y que se pongan a hacer las máscaras ahí mismo —dije señalando la mesa al otro extremo de la sala.

—¿Qué? —dijo Sabrina extrañada—. ¿Carly Beth? ¿Se puede saber por qué estás tan nerviosa?

—Luego te lo digo —respondí sin apartar la mirada de Clark y de su horrible máscara—. ¿Dónde está la Sra. Lange?

—Ha ido con Laura a traer más jugo de manzana —dijo Sabrina, que me miraba y empezaba a darse cuenta de lo asustada que estaba.

Tomé a Jesse y a Debra de la mano y los llevé hacia un lugar apartado.

—Vengan por aquí —dije tratando de ocultar mi miedo para no asustarlos—. Vamos, tomen cada uno una bolsa de papel para hacer máscaras. ¡Mientras más horripilantes, mejor!

En cuanto tuvimos a los niños ocupados y tranquilos, suspiré y crucé la sala hasta plantarme en frente de Clark.

—Hola, Carly Beth —dijo él con la voz atenuada por la máscara.

Me miraba fijamente con sus ojos oscuros.

—Sé toda la verdad —dije—. Sé... sé la verdad acerca de ti, Clark.

Puse las manos sobre su máscara y se la arranqué de la cara.

—¡Eh! —gritó enojado tratando de arrebatarme la máscara—. ¿Se puede saber qué te pasa?

Lo miré a la cara detenidamente. Sí, estaba segura.

El corazón me latía con fuerza y me costaba respirar. ¡Estaba junto a un *espíritu!*

—Eres el mozo de cuadras —dije—. Eres la persona que mató a todos esos caballos hace años. He visto tu fotografía en un libro. Sé que eres tú, Clark. Sé lo que eres, un *espíritu*.

No dejó de mirarme, pero su sonrisa se evaporó de repente.

—Tienes razón, Carly Beth —dijo sin alzar la voz—. Ahora ya sabes toda la verdad.

22

Di un paso atrás.

Clark se inclinó hacia mí y acercó su cara a la mía.

—Voy a volver a ponerme esa máscara y a destruir a todas las personas que están en esta habitación —susurró.

—¡No! —repliqué.

Con todas mis fuerzas sujeté la horrible máscara que aún tenía entre mis manos y la escondí detrás de mí.

Clark agitó la cabeza y se rió a carcajada limpia.

—Carly Beth, ¿has perdido la cabeza? —gritó—. Te estaba tomando el pelo. Es una *broma*.

—No lo es —dije—. He visto tu foto en ese libro antiguo sobre Tumbledown Farms y...

—Yo también he visto esa foto —dijo Clark—. Ese es mi abuelo. Mi abuelo era el mozo de cuadras. Por aquel entonces tenía mi edad y yo me parezco mucho a él.

—Mientes —dije—. El mozo de cuadras murió en la estampida, así que no pudo haber sido tu abuelo.

El de la foto eres *tú*. Estoy segura.

Eché un vistazo a la mesa. Algunos niños estaban a punto de terminar sus máscaras. Otros estaban recién recortando los ojos de sus máscaras en las bolsas de papel.

En ese momento, Clark me arrebató la máscara de las manos.

—Mírala bien, Carly Beth. No es más que un caimán. Es una máscara de Halloween normal y corriente. Me la compré en Wall-Mart. No es la malévola máscara que asustó a los caballos —dijo.

Yo no podía dejar de temblar porque no acababa de creerle.

—Clark, las fotos no mienten —dije—. El mozo de cuadras eras tú. ¿Por qué estás aquí? ¿Andas buscando la Máscara Maldita? ¿Es esa la razón por la que has venido esta noche?

Clark parpadeó.

—¿Eh? ¿La Máscara Maldita? No... Yo...

Eché un vistazo hacia atrás. Los niños se estaban poniendo sus máscaras de papel sobre la cabeza.

—No sé qué quieres —dije—. No sé por qué estás en esta granja pero, por favor, no les hagas daño a los niños.

Clark se quedó boquiabierto.

—¡Estás loca! —dijo—. ¡Estás absolutamente chiflada! Escúchame bien...

Antes de que pudiera decir nada, oí el primer grito proveniente de la mesa de los niños.

—¡SOCORRO!

Me di la vuelta y vi a los niños con las bolsas de papel sobre la cabeza.

85

—¡Socorro! ¡No me la puedo quitar! —gritó Colin—. La tengo pegada a la cabeza.

El niño tiraba de la bolsa por la parte de arriba.

Otros dos niños, quizá tres, empezaron a tirar de sus máscaras y a gritar.

—¡La TENGO pegada!

—¡No sale!

—¡Me duele! ¡ME DUELE! ¡Quítamela!

Solté un grito de horror. Los niños estaban atrapados dentro de sus máscaras, tal y como me sucedió a mí.

Estaba segura de que Clark era el responsable de lo que estaba sucediendo. ¿Pero por qué lo hacía? ¿Para darme una *lección*?

Le quité la máscara y la arrojé al otro extremo de la sala. Entonces corrí para tratar de ayudar a los niños. Gritaban, lloraban e intentaban quitarse sus máscaras de papel con desesperación. Vi que las máscaras se les estaban empezando a ceñir al rostro.

—¡Clark, basta ya! —grité—. ¡Deja a los niños en paz! ¡Basta ya!

—¡AYÚDAME, CARLY BETH! ¡ME DUELE! ¡ME DUELE! —exclamó Harmony.

—¡AY! ¡NO VEO NADA! ¡ME AHOGO! —gritó Jesse.

—Clark, ¡dime qué quieres de una vez! —grité—. *Te lo ruego.*

Estaba detrás de mí y lo sujeté por el brazo.

—¿Eh?

Su brazo estaba caliente.

—Eres de carne y hueso —grité—. No eres ningún espíritu.

Qué lío. De repente no entendía nada.

Todos los niños gritaban e intentaban quitarse frenéticamente sus máscaras de papel. Agarré la máscara de Jesse por la parte de abajo y tiré de ella con fuerza tratando de desgarrarla, pero cuanto más tiraba, más se adhería el papel al cuello y a los hombros del pequeño.

Sabrina estaba a mi lado sujetando a Debra. Intentó quitarle la máscara. Tiró con fuerza, pero esta no cedía. Debra gritaba horrorizada con sus manitas alzadas en el aire.

La puerta se abrió de golpe. Laura irrumpió en la sala con su rubia cabellera alborotada sobre la cara y miró a los niños uno por uno.

Se acercó a Clark y a mí. Tenía una extraña expresión en el rostro. ¿Estaba *sonriendo?*

—Siento haber tenido que asustar a los niños —dijo.

—¿Cómo? —dije y me quedé mirando sus ojos de hielo.

—Era la única manera que tenía de hacer que cooperases, Carly Beth —dijo Laura—. ¿Quieres salvar a los niños? Sólo hay una manera de hacerlo.

—Laura, no entiendo nada —dije—. ¿De qué me estás hablando?

—¡TRÁEME LA MÁSCARA MALDITA! —gritó—. ¡No me detendré hasta que no vuelva a MI poder! ¡Tráela, Carly Beth! ¡Y será mejor que te des prisa!

23

Di algunos pasos hacia atrás hasta chocar con la pared. La luz de la sala se hizo más intensa y el suelo parecía moverse bajo mis pies.

Vi la expresión confundida de Clark y a Sabrina temblar de terror.

Los niños corrían en círculos por la sala gritando y llorando mientras intentaban inútilmente quitarse sus máscaras.

—¡Ve por la máscara ahora mismo! —dijo Laura con un gritito estridente—. La necesito, Carly Beth. Llevo años tratando de recuperarla. Muuuchos años.

En ese momento la enfrenté.

—*Tú* eres el espíritu —dije.

Se echó su pelo alborotado hacia atrás y me miró fijamente.

—Sí. Fui yo y no el mozo de cuadras. ¡Fui *yo* la que murió en esa estampida!

Empezó a levitar sobre el piso.

—Mi alma no descansará hasta que no recupere la máscara —dijo elevando la voz sobre el llanto de los niños—. Mi padre era el dueño de Tumbledown Farms. Y yo lo destruí todo. Me puse la máscara para hacerle una broma al mozo de cuadras. No sabía que la máscara era malvada. No sabía que su maldad me cambiaría para siempre.

Volvió a bajar hasta el piso. Su cuerpo irradiaba un frío helado.

—Llevo esperando en esta granja muuuucho tiempo —prosiguió Laura—. La otra noche te oí merodear por el establo, Carly Beth. Te oí conversar con Clark. Te oí decirle que tenías una Máscara Maldita y fue entonces cuando supe que mi larga espera había llegado a su fin.

—Laura, libera a los niños —dije—. Deja que se quiten las máscaras.

—¡Noooo! —gritó, y se alzó sobre mí mientras su melena se abría como un par de alas rubias—. ¡Primero, tráeme la máscara! No podré descansar eternamente hasta que no tenga la máscara. ¡No te quedes ahí! ¡Tráemela antes de que los niños empiecen a asfixiarse!

Sentí un nudo en la garganta. En ese momento me acordé de que había abierto la caja metálica y de que sólo había un disfraz de plumas.

—Laura, ¡yo no tengo la Máscara Maldita! —grité.

—¡MIENTES! —gritó Laura con los ojos enrojecidos de ira—. ¡MIENTES! Vete y tráela… ¡AHORA!

—Es que… ¡ya no está! —dije—. No la tengo. ¡Te estoy diciendo la verdad! ¡Ha desaparecido!

Laura se alzó nuevamente sobre mí agitando sus

puños cerrados en el aire. Sus ojos ardían de rabia.

—¿Quieres mantener tu MENTIRA aunque estos niños se ahoguen en sus máscaras?

—¡Debes creerme! —dije desesperada—. ¡La máscara ha desaparecido!

Y entonces oí una vocecita. Era Sabrina.

—Yo sé dónde está —dijo.

24

Los niños gritaban y lloraban. No paraban de correr en círculos a nuestro alrededor intentando quitarse las máscaras de papel.

Sabrina se acercó tímidamente. La miré con incredulidad.

Laura apoyó sus pies en el piso, bajó los puños y giró su rostro lívido de ira hacia Sabrina.

—Sólo quería ayudarte, Carly Beth —susurró Sabrina horrorizada—. Entré en tu casa y me llevé la máscara del sótano. Sabía que no estarías a salvo con esa máscara allí abajo. Así que… la enterré junto al establo. Nadie va nunca allí.

Claro, esa debía ser la tierra removida que pisé. Pensé que era una tumba.

—Tráela ahora mismo —ordenó Laura—. Desentiérrala. Tráemela o haré que estos niños sufran aun más.

—¡No te vas a salir con la tuya! —gritó Clark, lanzándose encima de Laura.

Tuve que apartarme. Clark intentó tumbarla al piso, pero pasó directamente *a través* de ella. ¡No se puede tumbar a un fantasma!

Laura volvió a levitar sobre el suelo, señaló a Clark con uno de sus largos dedos y se quedó mirándolo con sus fríos y malévolos ojos.

—¡NOOOO! —gritó Clark sometido al influjo de aquella mirada.

Y, de pronto, salió despedido hasta el extremo opuesto de la habitación.

¡CRAAACK! Su cabeza golpeó la pared violentamente. Clark dio un grito de dolor y, de la misma forma, se desvaneció sobre el piso.

Laura me miró con una sonrisa cruel.

—¿Has visto lo que puedo hacer? —dijo—. ¿Te gustaría ver cómo lanzo a los niños contra la pared?

Señaló hacia la puerta.

—Debes ir, Carly Beth. Sabes que no tienes alternativa. Vete y desentierra la Máscara Maldita.

Tenía razón. No podía hacer otra cosa. Salí corriendo por la puerta de cristal dejando atrás los gritos de dolor de los niños.

Se levantó una ráfaga de viento que me impedía avanzar. Agaché la cabeza y corrí hacia el establo a través del prado.

Veía mi aliento helado alzarse ante mí, mientras mis zapatos rompían la escarcha acumulada en el suelo.

La hierba alta del prado se mecía de un lado a otro. La pálida luz de la luna iluminaba mi camino.

Al llegar a la sombra del huerto de manzanas dejé de ver la senda. Atravesé aquella maraña de ramas y troncos oscuros que se interponían en mi camino.

Llegué al establo con un fuerte dolor en el costado

y con la garganta seca. Encontré enseguida el lugar donde Sabrina había enterrado la máscara. No esperé a recuperar el aliento. Me arrodillé y empecé a cavar con las dos manos.

Poco después, la encontré. Sabrina no la había enterrado a mucha profundidad. Saqué la máscara de su tumba y me di cuenta de que ¡ESTABA CALIENTE!

Sentía que la máscara me miraba mientras yo le sacudía la tierra con las manos temblorosas.

Atravesé el huerto hasta la granja. ¿Tendría tiempo de salvar a esos pobres niños? *¿Podría* hacer algo por salvarlos? Al fin y al cabo, no sabía si Laura estaría dispuesta a liberarlos de sus máscaras.

Entré por la puerta principal tiritando de frío. Llevaba la horripilante máscara conmigo.

Los niños estaban tranquilos. Ya no gritaban. Algunos seguían en el piso luchando por arrancarse sus máscaras, mientras otros estaban acurrucados en las esquinas, llorando en voz baja por el agotamiento.

Laura se plantó ante mí en cuanto llegué. Extendió las manos hacia la máscara con un destello en la mirada.

—¡Dámela! —gritó—. He esperado mucho tiempo. ¡La necesito!

Respiré hondo. Todo el cuerpo me temblaba, pero me dispuse a dársela.

Ella extendió sus manos. Sus pálidos ojos brillaban de ansiedad.

Eché la mano hacia atrás.

"La máscara va a hacer a Laura mucho más

malvada—pensé—. No la quiere para *descansar eternamente*, como dice ella. Y si ha esperado todo este tiempo para tenerla es porque desea hacer el MAL. Si consigue la máscara nos destruirá a todos".

—Dámela ya mismo —susurró Laura y trató de arrebatármela—. Dámela, Carly Beth.

Podía sentir su poder sobre mí. Sentía su influjo tirándome del brazo… atrayendo la máscara hacia ella.

—¡No! —alcancé a decir.

Tomé una decisión aterradora. Alguien tenía que salvar a los niños.

Sujeté la máscara por ambos lados, la levanté y me la puse sobre mi propia cabeza.

25

Contuve la respiración. El calor de la máscara me quemaba la cara. Enseguida empecé a sentir la presión de la goma caliente.

Pero no me quedaba más remedio que combatir el mal con el mal.

Oí gritar a los niños. Me giré y vi cómo se arrancaban las bolsas de papel de la cabeza. Tenían las caras rojas y empapadas de sudor. Pero se reían y gritaban y saltaban de alegría por toda la sala.

Laura estaba tan centrada en mí que había liberado sin querer a los niños.

En ese momento, entró la Sra. Lange.

—¿A qué se debe tanto ruido? —dijo—. He tenido un problema en la oficina y...

Se puso pálida. Nos vio a Laura y a mí mirándonos fijamente. Me vio con la Máscara Maldita y se puso a temblar. Sin decir una palabra, reunió a todos los niños y los sacó de la casa.

Laura me clavó su mirada ardiente.

—¡Eres una IDIOTA! —gritó—. ¡Quítatela AHORA MISMO! ¡Dámela!

Empecé a sentir la máscara ciñéndose contra mi rostro. Pegándoseme a la cabeza. Podía sentir cómo su siniestra maldad se iba filtrando en mi cuerpo como si fuera un líquido.

—¡IDIOTA!—volvió a gritar Laura—. No me quería poner la máscara, ¡sólo quería DESTRUIRLA!

—¡*Mientes!* —grité con la voz áspera y profunda que me confería la máscara. Sabía que Laura estaba mintiendo.

De pronto, soltó un alarido y se lanzó sobre mí, agarrando la máscara con las dos manos.

—¡Dámela! ¡Es mía! ¡Es MÍA! ¡PAGARÁS por esto!

Me agarró por la máscara. Luego tiró de ella hacia arriba con las dos manos.

—¡No! ¡No te la daré! —grité.

Tenía la máscara pegada a mí. Ya era parte de mí. Aquella horrenda máscara, ¡se había fundido con mi propia cara!

Podía sentir su ardiente odio en el pecho y ya no podía controlar mi ira.

Rugí con furia. Ya no era yo. Me había transformado en una especie de bestia.

—¡Estás PERDIDA, Laura! ¡Esta noche encontrarás tu perdición!

Me abalancé hacia ella como un animal. Traté de agarrarla pero fallé: mis manos la atravesaron.

—¡No podrás huir de mí, Laura! —rugí.

Por primera vez vi un destello de miedo en su cara de niña mala. Salió corriendo por la puerta de cristal hacia la parte trasera de la casa. Atravesó el jardín y salí tras ella.

Era una noche gélida y ventosa. Yo corría pisando con fuerza el suelo helado. Aplastaba la hierba a medida que avanzaba por el prado.

—¡No tienes escapatoria, Laura! —grité.

Laura levitaba sobre el prado y su cabello rubio volaba tras ella. Yo la perseguía con los brazos extendidos.

De pronto, se hizo un profundo y horripilante silencio.

Después, en plena carrera, incliné la cabeza hacia atrás y lancé un aterrador rugido.

El rugido no salía realmente de mí. No salía de Carly Beth.

El rugido salía de la máscara. Era el grito de la Máscara Maldita, que ya se había apoderado de mi mente y de mi cuerpo.

¡La máscara *había ganado!*

26

Mi escalofriante grito retumbó en el prado desierto. Fue un rugido animal. No era humano. Un rugido endemoniado y lleno de ira.

Gritaba incesantemente sintiendo el fuego abrasador de la máscara en mi piel. Corría y gritaba hasta que de pronto, y sin saber por qué, me quedé en silencio.

Oí un estrendo lejano. Me detuve sofocada, jadeando como un perro. Y entonces escuché un relincho y el suave repiqueteo de cascos de caballos.

En ese instante, vi llegar a pleno galope una docena de caballos que aparecieron como fantasmas de entre las sombras del manzanar. Eran blancos, más bien pálidos. Sus blancas crines se batían tras sus cabezas erguidas y sus ojos brillaban como cristales azules. Todos galopaban con una desgarradora expresión de dolor.

El suelo vibró con la estampida. Las altas hierbas del prado se mecían en todas direcciones. La compacta manada de caballos fantasmales galopaba con la mirada fija en un punto: ¡Laura!.

Laura gritó. No tenía escapatoria.

Los caballos formaron un remolino a su alrededor, galopando más y más rápido. Contemplé aquel espectáculo atónita hasta que la manada se convirtió en una nube blanca. Era un ruidoso torbellino de ojos azules, relinchos, gritos y sonidos de cascos de caballo a pleno galope.

Luego, la nube desapareció y los caballos se alejaron al trote de aquel torbellino.

Después, se hizo el silencio. Un silencio denso y forzado. La hierba dejó de mecerse y el viento dejó de soplar.

Los gritos desaparecieron. Y Laura también: se evaporó en la espectral estampida.

Vi a los caballos volver hacia el huerto. Esta vez iban con las cabezas agachadas, relinchando y resoplando. Iban tranquilos, como si se hubieran quitado un peso de encima. La niña que los aterrorizó hacía tantos años, al fin había desaparecido.

Esperé hasta que el último de los caballos se perdió entre los árboles. Entonces, me di media vuelta y regresé a la casa.

Sabrina y Clark salieron a mi encuentro, pero al ver mi cara verde arrugada se detuvieron en seco. Los oí dar un suspiro de espanto al ver el destello de maldad que irradiaban mis ojos.

—¡Ay, Carly Beth! —gritó Sabrina.

Agarré la carretilla que había en el césped, la alcé sobre mi cabeza y la arrojé contra la puerta trasera. Alcé la mirada al cielo y reí mientras el cristal de la puerta estallaba en mil pedazos.

—¡Lárguense los dos! —rugí—. ¡Ya no soy Carly

Beth! ¡Ahora SOY la Máscara Maldita!

—¡No! ¡Carly Beth! ¡Podemos ayudarte! —gritó Clark.

Sin mediar palabra, agarré la manguera de riego del jardín y se la arrojé a la cabeza.

—¡Nooo! —gritaron Clark y Sabrina al mismo tiempo.

Clark se agachó y evitó ser impactado.

Busqué alguna otra cosa que lanzarles. Clark y Sabrina se dieron media vuelta y entraron a la casa.

Sola al fin, alcé la cabeza y aullé a la luna.

Sentía un odio incontrolable. Estaba dispuesta a arrancar los árboles que me rodeaban y deshacer la casa tablón a tablón.

Me hinqué de rodillas y me pregunté a mí misma: "¿Estaré condenada a quedarme así para siempre? ¿A tener este aspecto? ¿A comportarme como una fiera? ¿No hay cura posible para esto?".

Recordé entonces el Halloween del año anterior. Recordé lo que me dijo el dependiente de la tienda sobre la máscara: "sólo se puede quitar con un símbolo de amor".

Miré a mi alrededor.

—Aquí afuera no hay amor —murmuré—. Sólo hay miedo y odio.

Además, el dependiente dijo que la máscara sólo podría quitarse *una vez* con un símbolo de amor.

Había derrotado a la máscara una vez. Y *sobreviví.* El dependiente dijo que yo había sido la única... que no sabría qué sucedería la próxima vez...

Arrodillada en el gélido suelo le aullé a la luna una vez más. Lancé un desgarrador y largo aullido.

Al bajar la cabeza vi que los caballos regresaban a todo galope a través del prado. Volví a ver sus crines fantasmales y sus azulados y centelleantes ojos.

Venían a todo galope. ¡Esta vez venían por MÍ!

Cerré los ojos y apreté los dientes.

Y me preparé para sufrir.

27

De rodillas sobre el suelo escuché su atronador galope. Esperé quieta... inmóvil... y sentí un cosquilleo en la mejilla.

Un caballo me estaba lamiendo la cara. Abrí los ojos y vi a otro fantasmagórico caballo bajando la cabeza; me dio un empujoncito con el hocico. Quería que lo acariciase.

Los caballos formaron un círculo a mi alrededor. Un afectuoso círculo de suaves relinchos y caricias.

Abracé el cuello de uno de los caballos.

Y desde algún lugar lejano oí una vocecita familiar. Era la voz de Laura.

"Carly Beth, eres la única persona que durante todos estos años ha tenido un gesto de afecto por estos caballos; eres la única persona que les ha dado amor".

Tardé unos instantes en comprender a qué se refería Laura.

Entonces recordé: ¡las zanahorias!.

Yo les había llevado zanahorias: un símbolo de ternura y amor.

El corazón me latía con fuerza. Me puse de pie y con un grito de alegría me *arranqué* la Máscara Maldita. ¡Sí! ¡Pude quitármela!

Sentí la caricia del aire frío en el rostro. Sentí cómo la ira y la rabia se evaporaban. Sentí cómo mi mente se liberaba del cruel influjo de la máscara.

Los caballos empezaron a desaparecer. Se desvanecieron en el aire. Sólo quedó de ellos sus ojos azules, que se elevaron sobre mí como estrellas fugaces que también se fueron apagando.

Al girarme vi a Sabrina y a Clark, que lo habían visto todo desde la puerta trasera. Corrí hacia ellos y abracé a Sabrina con fuerza.

—Sabrina, no puedo dejar de temblar —le dije. ¡Pero creo que es de *felicidad*! Se acabó esta pesadilla. Se acabó para todos. ¡Se acabó!

Miré hacia abajo y advertí que aún tenía la máscara en la mano.

La alcé ante mí y me giré hacia Sabrina y Clark.

—Tenemos que volver a enterrarla, ahora mismo. Tenemos que...

Me interrumpió un súbito movimiento de la máscara, que empezó a vibrar y a temblar. Vi que sus gruesos labios de goma se movían de arriba abajo y, con horror, la oí susurrar:

—Mi favorita eres tú, Carly Beth. Nos vemos el próximo Halloween...

BIENVENIDO A HORRORLANDIA

LA HISTORIA HASTA AQUÍ...

Niños como tú han empezando a recibir unas misteriosas invitaciones a HorrorLandia, un conocido parque temático de miedo y diversión. A cada "invitado superespecial" se le garantiza una semana de terroríficas diversiones... Pero los sustos empiezan a ser DEMASIADO reales.

Dos niñas —Britney Crosby y Molly Molloy— han desaparecido en el Parque Acuático de la Laguna Negra, y Billy no sabe qué hacer después de que su hermana Sheena se hizo invisible... y se esfumó sin dejar rastro.

Un guía turístico del parque (un Horror llamado Byron) advierte a los niños que están en peligro y trata de ayudarlos... ¡pero acaba siendo secuestrado por otros dos Horrores!

¿Por qué están en peligro? ¿Dónde están las tres niñas desaparecidas? Quizá Byron les pueda dar una respuesta... Si consiguen dar con él.

Cuando Carly Beth y Sabrina recibieron sus invitaciones no tenían ni la más remota idea de la REALIDAD en la que estaban a punto de meterse.

¿Qué pasará? Pasa la página y acompaña a Carly Beth y Sabrina en su aventura en HorrorLandia...

Después de mis horribles batallas con la Máscara Maldita, ya no hay nada que me asuste.

Por eso cuando recibí en casa un sobre del parque de atracciones HorrorLandia a nombre de Carly Beth Caldwell, no sentí el más mínimo temor. Al contrario, pensé que sería una oportunidad para pasarlo en grande, a pesar de que todo el mundo dice que HorrorLandia es el lugar más terrorífico del mundo.

La invitación decía que podía ir acompañada de una amiga durante toda una semana... ¡totalmente gratis! Así que cuando llegó el verano, estaba preparada para olvidar para siempre mis miedos *reales* y reírme con los sustos de HorrorLandia, que ya iba siendo hora.

El primer día en el parque, Sabrina y yo nos acomodamos en nuestros asientos de Invitados Súperespeciales del Teatro Embrujado. Empezaron a tocar una tenebrosa pieza de órgano. Luego, proyectaron sombras de espíritus sobre la cortina púrpura del escenario. Risas malévolas salían por los altoparlantes, ocultos en algún lugar del teatro.

—¡Esto es fabuloso! —dijo Sabrina—. ¿Qué hiciste para que te invitaran totalmente gratis?

—Nada —respondí encogiéndome de hombros—. Absolutamente nada.

Una voz profunda resonó en los altoparlantes.

—Por favor, presten atención. El mago Mondo está entre bastidores haciéndose un encantamiento a sí mismo. Lamentablemente, ha cometido un error y se ha convertido en una paloma. El espectáculo comenzará tan pronto como el mago vuelva a su ser.

Todo el mundo se rió. Miré a mi alrededor. Aún no se había llenado el teatro. Las familias seguían avanzando por los pasillos y ocupando sus butacas.

La sala era larga y estrecha. Las butacas eran tan blancas como fantasmas. Las paredes moradas estaban cubiertas de imágenes de gente gritando.

Sabrina me dio un golpecito con el codo.

—Mira, esos dos muchachos se van a sentar con nosotras —dijo.

Me giré hacia el pasillo y vi a un Horror, que es como llaman aquí a los guías del parque. Iba vestido de verde y púrpura y estaba indicando a dos muchachos que se sentaran a nuestro lado.

Sabrina se alisó el pelo y se ajustó su camiseta verde clara.

—Son bien parecidos, ¿no crees? —susurró.

Los muchachos se dejaron caer en los asientos. Tenían el pelo y los ojos oscuros. Sabrina se inclinó hacia adelante para saludarlos, pero no nos hicieron el menor caso. Parecían preocupados.

—Billy, los vi meter a Byron aquí por la fuerza —dijo el más alto de los dos—. Estoy seguro de que lo tienen entre bastidores.

Billy tenía la cara roja y no dejaba de mirar a los acomodadores del pasillo.

—Tranquilo, Matt —susurró mirando de reojo a los Horrores—. Trata de actuar como si sólo estuvieras interesado en la función. A lo mejor cuando apaguen las luces podemos ir a buscar a Byron.

Me quedé mirándolos. ¿Qué les pasaba?

—No sé, quizá sea mejor buscar primero a Sheena, Britney y Molly —dijo el tal Billy.

Matt hizo un gesto de impaciencia.

—¿Es que no lo entiendes? Byron dijo que nos iba a ayudar. Él sabe qué es lo que está pasando. Tenemos que liberarlo de los Horrores que lo tienen retenido ahí dentro —dijo.

Billy golpeó los brazos de la butaca con ambas manos.

—¿Dónde está mi hermana? ¿Cómo es posible que esté pasando esto?

Matt tenía algo en la mano. Forcé la mirada para verlo mejor. Era un pequeño trozo de espejo. Los dos muchachos lo miraban.

No me considero una persona entrometida, pero esto estaba llegando demasiado lejos.

—¿Les ocurre algo, chicos? —pregunté—. ¿Qué miran?

Los dos se giraron de golpe.

—Ah, hola —dijo Matt.

—No las habíamos visto —dijo Billy.

—¿Están bien? —insistí—. Los veo muy nerviosos.

Se miraron con indecisión, como si no estuvieran seguros de si debían contar lo que les sucedía.

—Mira, es que tenemos un problema bastante

raro —acabó por decir Billy—. Mi hermana Sheena ha desaparecido. Sheena y otras dos chicas que conocimos aquí.

Sabrina se quedó boquiabierta.

—¿Que han desaparecido? ¿De verdad? ¿Se lo han contado a los empleados del parque?

Billy la miró con impaciencia.

—No parecen muy dispuestos a ayudar —dijo.

—Un Horror llamado Byron dijo que nos iba a ayudar, pero se lo han llevado unos compañeros suyos.

Matt se dio cuenta de que yo estaba mirando el espejo. Lo alzó ante mí.

—¿Qué ves aquí? —preguntó.

Me acerqué un poco al espejo.

—Veo dos muchachas en un carrusel —respondí.

—Esas son las dos chicas desaparecidas —dijo Matt—. Britney y Molly.

Miré detenidamente las imágenes en el espejo.

—¿Qué es esto, una especie de ilusión óptica?

—No, la imagen es real —dijo Billy—. Tenemos que dar con ese carrusel. Es posible que mi hermana esté allí con ellas. Pero nos va a costar un poco encontrarla, es invisible.

Miré a Sabrina de reojo. Estaba tan confundida como yo. Esa historia no tenía ningún sentido. ¿Dos niñas perdidas dentro de un espejo? ¿Una niña invisible? Aun así los chicos parecían demasiado preocupados como para estar bromeando. ¿Estarían diciendo la *verdad*?

Matt se giró hacia mí. Era muy apuesto. Billy era muy flaco, pero Matt parecía todo un deportista.

—¿También son invitadas especiales? ¿Les regalaron las invitaciones? —preguntó.

—Sí —dije.

—Nos han estado pasando cosas bastante raras desde que llegamos —dijo Matt—. Billy y su hermana tuvieron que enfrentarse a un grupo de piratas zombi. Y yo lo pasé bastante mal con una cosa terrible llamada Sangre de Monstruo.

En ese momento me vino a la memoria la Máscara Maldita y sentí un escalofrío.

—Creemos que la razón por la que nos han invitado aquí está relacionada con las terribles experiencias que tuvimos el año pasado —dijo Billy—. ¿También les pasaron cosas espantosas a ustedes?

"¿Se lo cuento? —pensé—. Ni siquiera los conozco".

Preferí no hacerlo.

—Eh… qué va —respondí—. No me ha pasado nada especial.

Sabrina me dio un empujoncito y empezó a decir algo, pero la hice callar con una mirada.

Las luces del teatro se atenuaron. Un foco de luz brillante apareció sobre la cortina del escenario. Empezó a sonar música. El espectáculo estaba a punto de comenzar.

Matt se puso de pie, se agachó y le dio un golpe a Billy en el hombro.

—Ahora no están mirando, vamos —susurró—. Vamos a buscar a Byron.

Antes de marcharse me miró.

—Deséennos suerte, vamos a necesitarla.

Los dos muchachos avanzaron a hurtadillas por el pasillo.

2

Dos Horrores acudieron de inmediato y les bloquearon el paso. Los muchachos no tuvieron otra alternativa que regresar a sus asientos. Se quedaron mirando el escenario. Era evidente que lo estaban pasando realmente mal.

Mondo, el mago, apareció en el escenario. Era un hombre bajito de nariz aguileña y con una calva muy brillante. Llevaba un traje ceñido, una pajarita roja y una larga capa roja plegada sobre la espalda.

Hizo una gran reverencia. El público aplaudió. El mago mostró un huevo y dibujó un círculo en el aire con él en la mano. El huevo desapareció.

Luego se sacó dos huevos de la oreja. Les dio la vuelta y, de pronto, tenía cuatro huevos. Luego les dio la vuelta y todos los huevos desaparecieron.

Sabrina se me acercó.

—Tampoco es para tanto —me susurró al oído.

—Seguro que éste te gusta más —dijo Mondo.

Sabrina y yo nos quedamos patidifusas. ¿Cómo había podido oírlo?

La asistente de Mondo llegó con un caldero humeante. Era una joven con una larga melena rubia y los labios pintados de rojo brillante. Llevaba un vestido de lentejuelas rojas y amarillas.

Mondo pasó las manos por encima del caldero y un momento después sacó un conejo vivo del puño.

Sabrina y yo aplaudimos. Fue un truco bastante bueno. Billy y Matt seguían mirando hacia delante. Me di cuenta de que no estaban prestando atención al espectáculo de magia.

—Ahora les voy a dedicar un truco que sólo Mondo es capaz de hacer —dijo el mago—. Un truco con el que ningún otro ilusionista se ha atrevido a soñar.

Se puso el conejito en la palma de la mano derecha. Luego acercó la izquierda a la boca del animal ¡y sacó un sombrero!

Solté una carcajada. Sacar un sombrero de un conejo me pareció una idea muy ingeniosa. Sí, seguro que *nadie* lo había pensado.

Mondo hizo otra reverencia. Cuando volvió a incorporarse tenía los ojos brillantes. Se agarró de la garganta y empezó a hacer sonidos guturales, como si se estuviera ahogando.

Algunos niños se asustaron. El público se quedó muy callado.

Mondo se metió dos dedos en la garganta y se sacó una pelota de ping–pong. Siguió haciendo ruidos. Sacó otra pelota de ping–pong. Y otra. Y otra más.

El mago no tardó en sacarse de la boca una docena de pelotas de ping–pong que iba dejando caer en el escenario.

—Mondo tiene una boca enorme —dijo el mago—.

¿Hay algún jugador de tenis en el público?

En ese momento, abrió la boca y se sacó una pelota de tenis.

Sabrina me dio con el codo.

—Se las está sacando de la manga.

—¿Tú crees? —dijo Mondo—. Apuesto a que nadie descubre cómo hago este otro truco.

¿Había oído a Sabrina?

La asistente empujó hasta el centro del escenario una gran caja alargada. Era como un ataúd vertical.

—Despídanse de mi asistente Rhonda —dijo Mondo—. Está a punto de desaparecer *para siempre*.

Mondo tiró de una trampilla. Luego golpeó las cuatro caras de la caja con su bastón.

—Madera maciza —dijo.

Con un gesto indicó a su asistente que se introdujera en la caja.

—Adiós, Rhonda —le dijo—. Ha sido un placer conocerte.

Rhonda se despidió del público con la mano. Luego, sacudió su larga melena y se metió en la caja. El mago le lanzó un beso y cerró la trampilla.

—No volveremos a ver a Rhonda nunca más —dijo—. ¿Quién quiere ser mi asistente? Necesito una asistente nueva cada día.

Sacó una sábana amarilla y la echó sobre la caja.

—Quiero que todos cuenten conmigo —dijo, y empezó a contar—: Uno... dos... TRES.

Tiró de la sábana y la arrojó al piso. Luego puso la mano sobre el asa de la trampilla y la abrió.

—¡Está vacía! —gritó.

Salió una nube de humo negro.

Cuando el humo se disipó, Mondo hizo un gesto de sorpresa.

En la caja apareció una muchacha morena. Llevaba una camiseta clara y unos jeans desteñidos. No dejaba de parpadear y de agitar la cabeza.

Salió de la caja.

El publicó enmudeció.

Y, entonces, Billy se levantó de golpe y exclamó:

—¡Es mi hermana! ¡SHEENA!

—Qué… Qué es esto —murmuró Mondo. Se secó el sudor de la calva y se quedó mirando a la muchacha—. ¿Cómo has…? Eh… ¿De dónde…?

¿Qué había pasado? ¿Había planeado Mondo que la muchacha apareciera allí? A mí no me lo pareció. Volvió a mirar al público como si hubiera estado ausente de su propio espectáculo.

—¡Gracias! ¡Gracias! —exclamó y salió del escenario a toda prisa sin hacer reverencia alguna.

Las puertas del teatro se abrieron y todo el mundo salió. Vi a Matt y a Billy correr hacia Sheena, que seguía en el escenario. ¡Billy *abrazó* a su hermana!

—¡Has vuelto! ¡Puedo verte! —dijo.

Sheena parecía estar un poco mareada y confundida. Matt la miraba como si fuera un fantasma. Billy empezó a bombardear a la pobre niña con una pregunta tras otra.

—¿Dónde has estado? ¿Sabes dónde has estado? ¿Has visto a Britney y a Molly? ¿Están bien? ¿Has podido hablar con ellas? ¿Cómo has vuelto?

Sheena seguía sentada al borde del escenario. No

paraba de jugar con un mechón de pelo que tenía entre los dedos.

—Me cuesta recordar... —dijo en voz baja.

—*Inténtalo* —insistió el chico.

Billy y Matt se agacharon junto a ella. Sabrina y yo nos quedamos mirándolos desde la primera fila de butacas.

—Al principio todo estaba verde —dijo Sheena—. Estaba envuelta en una especie de niebla verdosa. Luego me di cuenta de que estaba en la Sangre de Monstruo, ¿recuerdan? Fue como si algo me absorbiera hacia esa Sangre de Monstruo.

Miré a Sabrina.

—¿Sangre de Monstruo? —susurré—. ¿Qué dicen?

—Estaba envuelta en esa masa viscosa —prosiguió Sheena—. Me... me la quité de los ojos hasta que pude ver con claridad.

—¿Pero dónde estabas? —preguntó Matt.

—Recuerdo que había un extraño carrusel —respondió Sheena—. Los caballos del carrusel estaban envueltos en llamas. No se quemaban, pero echaban llamaradas.

Billy miró a Matt.

—¡Es el carrusel que vimos en el espejo! —dijo nervioso.

—Sheena —dijo Matt—, ¿viste a Britney y a Molly montadas en ese carrusel en llamas?

Ella asintió con la cabeza.

—Sí, las vi. Las saludé con la mano y ellas me devolvieron el saludo.

Luego negó con la cabeza, como tratando de

buscar sentido a todo aquello.

—Empecé a correr hacia ellas, pero no me podía acercar. Corría y corría, pero no lograba acercarme al carrusel. Todo era muy irreal. Era como estar en un sueño.

—¿Y entonces qué pasó? —preguntó Matt.

—Apareció una puerta delante de mí. Apareció... de la nada —dijo Sheena—. Atravesé la puerta y aparecí aquí.

Me giré hacia Sabrina.

—Seguro que lo está inventando. Esto tiene pinta de ser una broma de HorrorLandia, ¿verdad? —susurré.

Lo que estaba claro era que los muchachos no le encontraban ninguna gracia al asunto.

—Hay que buscar el carrusel en el parque —dijo Matt. Ayudó a Sheena a levantarse—. Vamos, si encontramos a Byron, él nos dirá dónde está.

—¿Pero, y Byron? —preguntó Sheena.

—Se lo llevaron varios compañeros suyos —dijo Billy—. Creemos que lo tienen escondido en algún lugar de este teatro.

Matt miró a una puerta azul que había en la pared del fondo.

—Esa puerta debe dar a la parte trasera del escenario —dijo.

Empezó a trotar hacia la puerta, pero se detuvo y se nos quedó mirando a Sabrina y a mí.

—Vengan con nosotros, ¡vamos!

No tenía ningunas ganas de ir. Esos muchachos me empezaban a dar mala espina. No tenía ganas de participar en su juego. La Máscara Maldita se me cruzó por la mente y sentí un escalofrío.

—Sabrina y yo acabamos de llegar —dije—. Creo que vamos a ver qué atracciones tienen por ahí.

Sabrina me miró frunciendo el ceño.

—Carly Beth, ¿se puede saber qué te pasa? Estos chicos son *guapísimos* —dijo bajito.

—¿No has tenido suficiente con lo que pasamos en casa? —respondí entre dientes.

Matt se acercó al borde del escenario.

—Ustedes son invitadas especiales, ¿verdad? Nosotros también.

—Sí —respondió Sabrina.

—Byron nos advirtió que *todos* estábamos en peligro —dijo Matt—. Eso quiere decir que ustedes también están en esto.

—¡Vamos! —dijo Sabrina tirándome del brazo.

Finalmente seguimos a los demás por la puerta del escenario. Daba a un largo y oscuro pasillo lleno de telarañas que colgaban de las paredes. El eco de nuestras pisadas repicaba por el suelo de cemento mientras corríamos por el pasillo.

Al fondo había dos cuartos. Uno de ellos tenía una estrella dorada en la puerta. En el otro había un letrero que decía: ALMACÉN. NO PASAR.

—¿Hola? ¿Hay alguien ahí?

Silencio.

La puerta del camerino estaba abierta. Nos asomamos dentro. No había nadie. El sombrero de copa de Mondo estaba en una silla. Había frascos de maquillaje delante del espejo. Su bastón estaba apoyado en una pared.

—Echemos un vistazo en el almacén —dijo Sheena.

Al abrir la puerta se encendió una tenue bombilla. Pasamos adentro.

Un aleteo nos sobresaltó.

—¡No estamos solos!

Matt señaló con el dedo a unas jaulas de alambre que había bajo una ventana.

—Son las palomas de Mondo —dijo.

Había otros artilugios de magia en una estantería muy alta que iba desde el suelo hasta el techo. Entre ellos había huevos plásticos, pollos de goma, flores plásticas, bolos de madera, guantes blancos, barajas de naipes y pañuelos rojos y azules. Una calavera nos sonreía desde el estante más alto.

La chaqueta del traje de Mondo colgaba de una percha de madera. Se podía ver un ramo de flores artificiales saliendo de una de las mangas.

—¿Byron? —dijo Matt—. ¿Estás ahí?

—Aquí estamos perdiendo el tiempo —dijo Billy—. Vámonos.

—¡Esperen un momento! —dije—. ¡Quietos!

En el piso, al pie de la estantería, había algo que me llamó la atención. Me agaché para recogerlo. Era una chapa de identificación. La levanté para que todo el mundo pudiera verla.

Grabado en la chapa podía leerse claramente: BYRON.

Matt me quitó la chapa de la mano y la observó detenidamente.

—Byron ha estado aquí —dijo.

—A lo mejor nos ha querido dejar una pista —dijo Billy—. A lo mejor quiere que lo rescatemos.

—De acuerdo, ¿pero a dónde iremos ahora? —preguntó Sheena.

Las palomas se movían en sus jaulas. Empezaron a arrullar y a ahuecarse las plumas. Era como si ellas también estuvieran nerviosas.

—Esperen, hay algo más —dije.

Vi un papel que sobresalía del primer estante. Me agaché a recogerlo.

—Increíble —exclamó Matt—. ¡Miren esto!

En el papel había un dibujo de un carrusel blanco con llamas rojas y anaranjadas saliendo de los caballitos.

—¡Es el mismo carrusel! —exclamó Sheena—. El carrusel donde vi a Britney y Molly.

—Pero parece muy antiguo —dijo Billy.

Observé el dibujo detenidamente.

—Hay una inscripción al lado del carrusel —dije—. La página está rasgada pero creo que podré leerla.

Leí la inscripción en voz alta: "Móntense en el Carrusel de Fuego. ¡Está que arde!".

—Apuesto lo que sea a que Byron también nos ha dejado esto —dijo Matt—. Quiere que encontremos el carrusel. Sabe que es allí donde están Britney y Molly.

—No creo que nos cueste demasiado encontrarlo —dijo Sabrina.

—Pues vamos, es posible que esas muchachas estén en verdaderos apuros —dijo Sheena apartándonos de su camino.

No me quedó más remedio que seguirlos. Salimos del Teatro Embrujado a la luz del día.

El parque estaba abarrotado de gente. Nos costó mucho abrirnos paso entre la multitud que deambulaba por la Plaza de los Zombis. Choqué con un Horror que tenía la cara pintada de morado y llevaba en el pecho una caja metálica colgada con correas.

—¡Perritos monstruosos gratis! —gritaba—. ¡Perritos monstruosos gratis! ¡Sólo un dólar!

Me miró con los ojos entornados. Tenía un ojo marrón y el otro negro.

—¿Tiene un dólar, señorita? Le doy un perrito monstruoso sólo por un dólar.

—Miré la carne abultada de la salchicha que sobresalía del panecillo.

—¿Qué llevan los perritos monstruosos? —pregunté.

—Si eres amante de los perros, será mejor que no

te lo diga —respondió.

Debió estar bromeando, pero no quise probar por si acaso. Los otros iban delante de mí. Vi a Sabrina que se apresuraba para no perder a Matt de vista.

Pasé por debajo de un cartel que decía: TATUAJES DE NARIZ. Había un Horror en la puerta con una larga aguja de hacer tatuajes. Vi otro cartel más pequeño que decía: PIERCINGS DE GLOBOS OCULARES AL INSTANTE.

Me entraron ganas de reír. ¡Lo sabía! ¡Aquí todo era de broma! ¿Por qué me obligaba Sabrina a participar en esta extraña misión?

Cuando los alcancé estaban mirando un cartel grande. Era un directorio del parque.

—Por aquí —dijo Matt señalando con el dedo—. Aquí están todas las atracciones de HorrorLandia.

Hice una lectura rápida de las atracciones. Algunas me llamaron la atención: El Tobogán Maldito, La Canoa sin Fondo, Las Cataratas Elásticas Bungee.

Matt estaba desolado.

—No hay ningún Carrusel de Fuego —dijo abatido.

—Tiene que estar aquí —dijo Sheena—. *Yo* lo vi.

Empezó a leer las atracciones de arriba abajo en voz alta.

—A lo mejor es una nueva atracción —dijo Billy—. Aquí siempre están abriendo y cerrando atracciones. Puede que la hayan cerrado hace mucho tiempo y que la estén inaugurando ahora de nuevo.

—Tiene razón. Vamos a la zona de carnaval, creo que es por ahí, al otro lado de la Tierra del Adiós

—dijo señalando con el dedo.

Volvieron a sumergirse en la multitud de la Plaza de los Zombis. Aparté a Sabrina a un lado.

—¿Estás segura de que quieres seguir con esto? —le pregunté.

—Pues... sí, claro —respondió—. Carly Beth, ¿qué te pasa? ¿Por qué insistes tanto en marcharte? ¿Y por qué les has mentido? ¿Por qué no has querido decirles que tú también tuviste una experiencia terrorífica?

—Es que no me fío de ellos —dije encogiéndome de hombros—. En HorrorLandia nada es lo que parece. No he venido aquí a resolver un gran misterio de niñas desaparecidas. He venido a reírme y a divertirme, Sabrina. Y a olvidar.

Sabrina se dio media vuelta.

—¿Dónde están? Vamos a perderlos en la multitud.

Empecé a responder pero de pronto me quedé sin aliento.

Me puse la mano sobre la frente para protegerme del radiante sol y me fijé en la tienda que había al otro lado de la plaza. La tienda se llamaba ¡HAZ UNA MUECA! Era una tienda de máscaras.

Me asomé al escaparate. Había al menos una docena de máscaras verdes, todas horrorosas.

Y allí, en medio de todas... Mirándome fijamente... Mirándome *sólo a mí*... ¡Estaba LA MÁSCARA MALDITA!

5

—¡No! —exclamé.

Sujeté a Sabrina del brazo tan fuertemente que gritó de dolor.

—¡Mira, Sabrina! —dije y aflojé la mano.

Ella también la vio.

—Ya la veo, Carly Beth, ¿qué tiene de especial?

Esta vez fue Sabrina la que me sujetó por el brazo y me llevó hasta el escaparate de la pequeña tienda.

Me resistí. Quería olvidarme de la Máscara Maldita para siempre. ¿Cómo había conseguido seguirme hasta HorrorLandia?

El sol radiante me cegaba. Me puse la mano sobre la frente y entonces volví a ver el escaparate.

Comprobé que *no* era la Máscara Maldita. Era otra máscara verde que parecía gritar con la boca abierta.

—Me pareció que...

Traté de hablar pero la boca se me había quedado seca.

Sabrina me miró de manera condescendiente.

—Ya *sé* lo que pasó por tu cabecita. Pensaste que era la Máscara Maldita. Pero, Carly Beth, tienes que calmarte. Esa máscara está enterrada a mucha profundidad junto a los establos de Tumbledown Farms.

Asentí con la cabeza.

—Sí, tienes razón, pero... ven conmigo. Tengo que echar un vistazo ahí dentro. Tengo que asegurarme.

Sentí una fuerte presión en el pecho, pero me llené de valor y entré.

Era una tienda pequeña. Las paredes y los estantes estaban repletos de máscaras horrendas.

Una Horror salió de atrás del mostrador para recibirnos. Tenía una larga coleta negra y unos extraños ojos amarillentos.

—Hola, chicas —dijo—. ¿Puedo ayudarlas?

—Sólo estamos echando un vistazo —dijo Sabrina.

La Horror sacó una máscara peluda de lobo de uno de los estantes y nos la mostró.

—Carly Beth, creo que ésta te gustará —dijo.

Sentí un sobresalto.

—¿Cómo sabe mi nombre? —pregunté.

La dependienta asintió.

—Eres una invitada especial, ¿no? —dijo.

La forma en que lo dijo me dio escalofríos.

—Pruébense estas —dijo extendiéndonos dos máscaras a Sabrina y a mí—. Nos acaban de llegar. Tienen su gracia, ¿no creen? ¿Saben qué son? ¡Son ratones vampiro! ¿Ven los colmillos?

No tenía ninguna intención de ponerme la máscara, pero la Horror nos miró de tal manera que fue imposible negarse. Me la puse en la cabeza.

Puaj. Estaba caliente. Al tacto parecía piel humana y la piel de ratón de la parte de afuera parecía real. El corazón me empezó a latir con fuerza.

Me la quité rápidamente y se la devolví a la dependienta. Luego ayudé a Sabrina a quitarse la suya.

—Qué máscara tan buena —dijo Sabrina acariciando una cara de bebé llorando—. Parece piel de bebé de verdad —observó—. ¿Cómo las hacen?

La Horror sonrió.

—Es un gran secreto —dijo.

Las horripilantes caras de los estantes empezaron a inquietarme.

—Sabrina, creo que será mejor que nos vayamos.

Mientras me giraba, vi por el rabillo del ojo una cosa en la trastienda que me llamó la atención.

—Sí, pasen si quieren —dijo la dependienta—. Allí dentro tenemos muchas más máscaras interesantes para elegir.

Sabrina y yo pasamos detrás del mostrador. Había una pequeña habitación con las paredes cubiertas de máscaras. No eran máscaras de monstruos con caras de animales. Más bien eran máscaras de niños.

—Esto es demasiado —susurró Sabrina.

No le respondí. Tenía la mirada fija en dos máscaras que había en el estante de arriba.

Me sujeté al mostrador con ambas manos y volví a sentir una fuerte opresión en el pecho.

—Sabrina —susurré—. Mira ahí arriba.

No tardó en ver las máscaras a las que me refería.

—Las dos niñas —susurró.

—Sí —dije—. Esas máscaras son exactamente iguales que Britney y Molly... Las dos niñas perdidas que vimos en el pequeño espejo.

—Pero... es *imposible* —dijo Sabrina.

Sabrina y yo nos quedamos allí de pie, muy juntas, mirando las máscaras de las dos chicas.

Mientras mirábamos, los labios de las máscaras parecieron cobrar vida. Sus bocas se empezaron a mover de arriba abajo.

Y en sus labios pudimos leer las palabras: "Las próximas serán ustedes... Las próximas serán ustedes".

No pude evitarlo. Grité.

—¿Qué pasa? —dijo la dependienta, que apareció de pronto.

Señalé hacia las máscaras.

—Los labios —dije—. Se han movido. ¡Las máscaras nos han hablado!

La Horror meneó la cabeza.

—Eso parece, pero no es así —dijo—. ¿Lo ven? La ventana está abierta. La corriente que entra por la ventana hace que los labios se muevan de arriba abajo.

Estaba segura de que mentía. Las máscaras nos seguían hablando. Nos estaban enviando una advertencia. Nos miraban desde allá arriba con la boca abierta y una expresión desencajada y espantosa.

—Esas máscaras se parecen mucho a dos chicas que hemos visto —dijo Sabrina.

—Qué curioso —dijo la Horror—. Esta semana vinieron por aquí dos chicas que dijeron que las máscaras se parecían a ellas, pero a mí no me dio esa impresión. ¿Quieren probárselas?

Me tembló todo el cuerpo.

—Eh... No. No, gracias —Alcancé a decir y tomé a Sabrina del brazo—. Vamos.

Salimos a la calle tan deprisa que casi empujamos a la Horror.

—No tarden en volver, Sabrina y Carly Beth —gritó la dependienta.

Volví a sentir un escalofrío. ¿Cómo sabía nuestros nombres?

Sabrina y yo nos alejamos corriendo hasta el lado opuesto de la plaza. Sentí la necesidad de alejarme de allí. Mientras corríamos pasamos junto a otras tiendas.

Nos detuvimos ante un gran letrero en el que aparecían unos niños medio hundidos en la arena. Estaban riendo y gritando. En la parte inferior decía: PLAYA DE ARENAS MOVEDIZAS. ¡PASEN Y PISEN!

—Tenemos que encontrar a los chicos —dijo Sabrina—. Tenemos que contarles lo que nos han dicho las máscaras. Tenemos que advertirles.

Miré por toda la plaza. Grupos de niños y adultos cruzaban en todas direcciones. Parecían estar pasándolo muy bien.

Suspiré.

—Sabrina, creo que lo mejor será que busquemos a mis padres y que nos vayamos a casa —dije—. A lo mejor...

Unas voces me interrumpieron. Venían del otro lado del letrero.

—Me asomé con cautela y vi a dos Horrores apoyados contra el mismo letrero. Estaban lamiendo dos enormes cucuruchos de helado *negro*. ¿Helado *negro*?

Uno de los dos era gigantesco; era altísimo y tenía unos músculos tremendos. Llevaba un pañuelo rojo atado a los cuernos que tenía en la cabeza. Su amigo era delgado y tenía su verde rostro salpicado de pecas.

—Nuestros invitados especiales se van a llevar unas cuantas sorpresas, ¿eh, Marcus? —dijo el más grande de los dos.

Escondí la cabeza rápidamente. ¿Se estarían refiriendo a *nosotras*?

Sabrina iba a decir algo, pero le hice un gesto para que mantuviera la boca cerrada. Las dos prestamos atención.

—Así es, Bubba —le contestó el otro—. No tienen ni idea de lo que les puede pasar.

—Van a pasar mucho miedo, Marcus —dijo Bubba—. *Mucho más* del que han vivido jamás.

—Ya hemos despachado a dos —dijo Marcus—. Ahora nos ocuparemos del resto.

—No tenemos otra alternativa, ¿no te parece?

Sabrina y yo nos quedamos heladas. El corazón me latía con fuerza. Nos quedamos pegadas de espaldas al cartel hasta que los tipos se marcharon.

—Se referían a *nosotras* —dije—. Tenías razón, Sabrina. Tenemos que contárselo a los chicos. ¡Esos dos Horrores quieren hacernos desaparecer a TODOS!

7

Emprendimos el camino de regreso al Hotel Inestable. Pensamos que los chicos también podrían haber decidido regresar allí.

Las aterradoras palabras de los dos Horrores aparecían en mi mente una y otra vez: "Ya hemos despachado a dos. Ahora nos ocuparemos del resto".

¿Por qué querría alguien hacernos daño o hacernos desaparecer? ¿Qué habían hecho con Britney y Molly? ¿Por qué habíamos sido invitadas aquí?

¡Me pasaban tantas preguntas por la cabeza que estaba a punto de estallar!

—Carly Beth, creo que estamos avanzado en la dirección equivocada. Creo que el hotel está por allí —dijo Sabrina señalando con el dedo.

Más adelante vi varias cabañas de color amarillo y café. A un lado de las cabañas había un bosque de árboles muy altos. Vimos una señal clavada en un poste de madera que decía: BIENVENIDOS A LA ALDEA DEL HOMBRE LOBO. Y debajo, en letras más pequeñas: MANTENGA A SU LOBO ATADO.

—¡Mira, Sabrina! —grité—. ¿No son esos Billy, Sheena y Matt? Se dirigen a la aldea.

Salimos corriendo hacia ellos por una senda de adoquines que llevaba hacia la aldea, donde todas las luces estaban apagadas. Los árboles gigantes proyectaban sus largas sombras sobre las casas. Y al fondo sonaban aullidos de lobo.

Sabrina y yo nos detuvimos. Los chicos ya no estaban. ¿Lo habría imaginado todo?

Las casas estaban al borde del bosque. Entramos por la densa arboleda. No se percibía el más mínimo movimiento. Los árboles se erguían sobre nosotras en una quietud perfecta. Caminamos y caminamos en un silencio sepulcral hasta que nos vimos rodeadas de aullidos de lobo.

Dos enormes lobos blancos nos salieron al paso. Tenían las bocas abiertas y las lenguas colgaban entre sus colmillos afilados.

—Oh, no —susurré y di un paso atrás.

Los lobos bajaron la cabeza. Nos miraron con sus fríos ojos grises. Sus ásperos gruñidos no presagiaban nada bueno.

—Te... Tengo la sensación de que no les caemos muy bien —susurré.

Los lobos dieron un paso adelante sin separarse uno de otro. No parpadeaban. Avanzaban sin apartar su fría mirada de nosotras.

—No pueden ser reales —susurró Sabrina dándome la mano—. No creo que dejen sueltos a unos lobos salvajes, ¿verdad?

No dije nada. Los lobos parecían estar a punto de saltar sobre nosotras.

Grité al sentir una mano en el hombro. Al girarme, vi junto a mí a una Horror sonriente.

—Tranquilas. No muerden hasta después de caer la noche. —La Horror hizo un gesto con la mano y los lobos corrieron hasta perderse en el bosque. Después, ella salió corriendo tras ellos y dijo—: Disfruten del Bosque del Hombre Lobo.

—Espera —exclamé—. ¿Cómo se sale de aquí?

Podía oír sus pisadas sobre la hojarasca, pero no me contestó.

—No veo a los chicos por ninguna parte —dijo Sabrina sacudiéndose una oruga verdosa del pelo—. No veo a *ningún* chico. Larguémonos de aquí.

—Creo que vinimos por ahí —dije señalando en otra dirección.

El sol empezaba a caer. Las sombras de los árboles se alargaban sobre el suelo. Cada vez costaba más ver hacia dónde nos dirigíamos.

Caminamos durante un rato en silencio. De los árboles caían orugas. Me quité una muy pegajosa de la frente. Vi dos más en el hombro de Sabrina y otra en su cabello.

—¡Ay! —grité al sentir una por dentro de la camiseta.

—A estas alturas ya deberíamos haber encontrado la senda —dijo Sabrina—. Por favor, no me digas que nos hemos perdido en este horrendo bosque.

—Espera, ¿eso de allá no son cabañas? —dije—. Debemos estar cerca de la salida.

Salimos a un claro del bosque siguiendo un caminito de tierra. Estaba equivocada. No eran cabañas. Eran unas grandes jaulas de metal con barras en la parte de adelante.

Oímos gruñidos dentro de las jaulas.

Sabrina y yo nos acercamos tímidamente.

—Son... ¡hombres! —susurró Sabrina.

Bajo la tenue luz del ocaso pudimos ver a varios hombres encorvados en el interior de las jaulas. Algunos sujetaban las barras con las dos manos y nos rugían.

Iban con pantalones cortos, sin camisa y descalzos. Tenían el cuerpo cubierto de un pelo rígido y duro: el pecho y la espalda... los brazos y las piernas... Tenían mechones de pelo hasta en los pies.

—Son actores —susurró Sabrina—. Deben trabajar en el parque.

Yo no estaba tan segura.

¿Qué era *realmente* real en HorrorLandia? ¿Qué podías creer y qué no?

Uno de los hombres se echó su larga melena hacia atrás y aulló como un lobo. Los demás empezaron a golpear las barras de sus jaulas con los puños.

Me puse las manos alrededor de la boca y grité:

—¿Pueden ayudarnos? ¡No encontramos la salida!

Al oírnos gritar empezaron a aullar y a dar golpes. Uno de ellos se puso a cuatro patas y empezó a soltar una saliva espesa por la boca.

En la jaula más cercana, otro se incorporó de golpe y metió la cara entre las barras. Entonces vi que en vez de tener nariz, como las personas, tenía un *hocico de lobo*.

Grité de espanto.

Al verme, el hombre echó la cabeza hacia atrás y se rió con una risa salvaje.

Un escalofrío me recorrió la espalda.

—Vámonos —dijo Sabrina tirando de mí con las dos manos—. Estoy empezando a asustarme de verdad.

Nos alejamos rápidamente de aquella extraña algarabía. La noche empezaba a invadir el cielo. La pálida luna se alzó sobre los árboles.

—Por aquí —dije guiando a Sabrina hacia otro camino de tierra.

No sé durante cuánto tiempo anduvimos por aquel maldito bosque, pero la caminata se me hizo eterna.

Las dos pedíamos auxilio a voces mientras avanzábamos por el camino. Nadie contestó.

—No puedo creer que esto esté pasando —susurró Sabrina mientras se quitaba otra oruga de la mejilla—. ¡Se supone que este es un lugar de DIVERSIÓN!

—¡Sabrina! ¡Mira! —grité.

Al final de la senda había una verja de tela metálica.

Arrastré a mi amiga hacia la alta verja.

—Eso debe ser una salida —dije—. ¿Ves el portón?

El corazón me golpeaba el pecho. Me sequé el sudor de la frente con el envés de la mano. ¡Un portón de salida! ¡Qué felicidad!

Echamos una carrera hasta allí. Sabrina llegó primero. Empujó el portón una y otra vez.

Fue entonces cuando vi el candado. Un largo y brillante candado.

—Está cerrado —dije suspirando.

Las piernas se me aflojaron. Estábamos encerradas.

En un arrebato de ira, agarré la verja con las dos manos y la agité. Pero, por supuesto, la verja no cedió.

—¡*Aaaaaa!* —rugí de impotencia y me di media vuelta.

Para aquel entonces la luna llena brillaba con un tono amarillento. El aire se llenó de inquietantes aullidos de lobo.

—Tenemos que encontrar otra salida —dijo Sabrina con la voz temblorosa—. Esos lobos parecían estar realmente hambrientos. Y... y creo que son *de verdad*. No podemos pasar la noche aquí.

—Sigamos la verja —propuse—. Si caminamos al lado de la verja llegaremos a la salida. Seguro que...

Oí unos pasos por la hojarasca seca. Los pasos se oían cada vez más cerca.

En ese momento, Sabrina y yo gritamos de horror: una bestia gris se abalanzó sobre nosotras desde los árboles y nos cayó encima lanzando un fiero rugido.

CONTINUARÁ EN...

#5 EL DR. MANÍACO CONTRA ROBBY SCHWARTZ

SOBRE EL AUTOR

Los libros de R.L. Stine se han leído en todo el mundo. Hasta el día de hoy, se han vendido más de 300 millones de ejemplares, lo que lo ha convertido en uno de los autores de literatura infantil más famosos del mundo. Además de la serie Escalofríos, R.L. Stine ha escrito la serie para adolescentes Fear Street, una serie divertida llamada Rotten School, además de otras series como Mostly Ghostly, The Nightmare Room y dos libros de misterio *Dangerous Girls*. R.L. Stine vive en Nueva York con su esposa, Jane, y Minnie, su perro King Charles spaniel. Si quieres aprender más cosas sobre el autor, visita www.RLStine.com.

ARCHIVO DEL MIEDO No. 4

¡AHORA EN CARTELERA EN HORRORLANDIA!

EL
TEATRO EMBRUJADO

¡Prepárense para otra temporada de teatro
llena de ESPÍRITUS y críticas FANTASMAGÓRICAS!

¡Se prohíbe cerrar los ojos!

31 de octubre
Festival Anual de Platos de Calabaza
¡La temporada se inaugura en Halloween! Vengan a media
noche a preparar pasteles de carne de calabaza,
sopa de pipas de calabaza y
lanzamiento de calabazas desde el tejado.

Del 9 al 16 de octubre
Baile de los Espíritus Invisibles
Nunca han visto cien arañas bailando juntas.
¡Y nunca las verán!

27 de noviembre
Cena Ilimitada de Pavo
Tu pavo podrá cenar hasta reventar...

MASCOTAS

MAPA
#4

↘ Conecta con Mapa #1 ↘